Curt Zimmermann

Zechprellen
Novelle

Lenos Verlag

Die Handlung ist frei erfunden. Allfällige Ähnlichkeiten mit bestehenden Institutionen und/oder lebenden Personen wären rein zufällig.

Copyright © 1990 by Lenos Verlag, Basel
Alle Rechte vorbehalten
Satz und Gestaltung: Lenos Verlag, Basel
Umschlag: Konrad Bruckmann
Foto: Paul Schmid
Printed in Germany
ISBN 3 85787 195 4

Zechprellen

Auf seinem Sonnenbalkon in einem Touristengetto an der Costa del Sol, aber ohne Sonne, die sich Gott sei Dank an diesem Tage hinter Wolken versteckt hielt, sass er, froh darüber, dass diese Sonne, als sogenannte Wärme- und Lichtspenderin von den meisten gerühmt, besonders jenen, die sich vom Mond abwandten oder nächtlichem Zauber gegenüber ablehnend verhielten, was ihm selber unverständlich, ja verdächtig schien, denn war nicht der Mondschatten, der jene zarten, meist blaufarbenen Gebilde schuf, jenem der Sonne mit ihren überdeutlichen Machtdemonstrationen, die etwas Zerstörerisches, Unentrinnbares haben konnten, weit überlegen, weil im Dunkeln Dinge oft sichtbarer, hinsichtlich ihres Wesens sichtbarer, erschienen, als dies im vollen Tageslicht möglich gewesen wäre, dass also Dinge im dunkeln blieben, gerade in der Wahnsinnssonne, wie er sie nannte, denn er ertrug sie nicht ihrer unerbittlichen Eindeutigkeit wegen, die er als Angriff empfand, als persönlichen Affront eines Himmels, vor dem er flüchtete in Keller, Caféhäuser, dunkle Hinterzimmer, Schlafkammern, Orte, die er stets als Fluchtort aufgesucht und als ihm gemäss empfunden hatte, die er nie würde missen können, weil ohne sie seine Art zu denken, sein Denken mit Pinselstrichen und Farbtöpfen, nicht möglich schien, seine einzige Beschäftigung, wofür zu leben sich letztlich lohnte, als Versuch, dem Mond näher und der Sonne ferner zu sein, wobei es ihm gleichgültig war, ob er von braungebrannten Touristen, die hinter ihren protzigen Biergläsern sassen oder mit ihren Fettwänsten herumstolzierten, als Aussenseiter oder Nachtschattengewächs eingestuft würde, denn was hatte er mit ihnen zu schaffen, sollten sie ihres Weges gehen, ihn in Ruhe lassen, sie, die für ihn ohnedies nur lächerliche, marionettenhafte und dummdreiste Figuren waren, die an ihrem Tourismus, an ihrer öden Urlauberei und Herumreiserei wenn nicht zugrunde gehen, so doch zumindest selbstverschuldeten Schaden nehmen würden, und all dies nur wegen des stupiden Sonnenhungers, der als Bazillus im nördlichen Europa herumgeisterte, für mediterranes Empfinden völlig unbegreiflich war, denn hier in den Mittelmeerländern, wo die Sonne so allmächtig, so omnipotent war, wurde ja im Grunde unaufhörlich aus Überlebensgründen gegen diese Sonne gekämpft, suchte man sich mit allen Raffinessen südlicher Schlauheit gegen diese Allmacht zu schützen, verharrte während der Siesta im Baumschatten der Innenhöfe, in Olivenhainen oder im Gemäuer der eigenen Räume, froh darüber, dass diese Sonne einen nicht mit voller

Kraft erreichen konnte. Er sass wie gesagt auf seinem Sonnenbalkon, froh darüber, nicht dem nackten Sonnenlicht ausgesetzt zu sein, denn sein Nachdenken, dieses Nachsinnen, das häufig genug zerstörerische Formen annehmen, seine Existenz von Grund auf in Frage stellen konnte, wäre durch diese allgewaltige, alles erstickende Sonne verunmöglicht worden. Seine Gedanken, oft nur facettenhafte Erinnerungen und Impressionen vergangener Zeiten, wären in Asche zusammengefallen, ein Opfer dieser Feuerkugel geworden, die für die Mitbewohner dieses Etablissements, die alle wie er ebenfalls ihre Sonnenbalkons besassen, auf denen sie sich räkelten, ihre falsch verstandene Südlichkeit austobten und ihre Mehlspeisenbäuche mit klebrigen Fingern massierten, Anlass gewesen war, den Hornstössen der Tourismusveranstalter im Norden zu folgen, die alles Erdenkliche aussannen, um ihre Südsonne veteranen Hohlköpfen, die keine Ahnung davon hatten, welch lächerliche Figur sie machten, anzupreisen, wie wenn Sonne, diese zerstörerische Mördersonne, je in irgendeiner Weise käuflich oder verkäuflich sein könnte. Die Sonne Andalusiens war, so wie er es verstand, eine Todessonne, unendlich in ihrer Leuchtkraft. Erbarmungslos war ausgeliefert, wer sich ihr hingab, sich ihr nicht widersetzte, ihr nicht entfloh, auswich in dunkle Mauernischen, die allein Schutz gewährten. Welch unfassbarer Unterschied zwischen dieser Sonne, die immer da war, auch wenn sie sich hinter Wolken versteckt hielt, lauernd wie ein Tier, das auf Beute aus war, und dem Mond, von dem niemand genau wusste, wann und wo er auftauchen, seinen blaufarbenen Lichtschatten hinwerfen und lautlos, unbemerkt wieder verschwinden würde. Dieser Sonnenbalkon, der wenigstens zu dieser Stunde, da sich die Sonne hinter Wolken verzogen hatte, als kurzer Aufenthaltsort für ihn erträglich war, auch wenn der dürftige Aluminiumstuhl, auf dem er sich niedergelassen hatte – ein Möbel billigster und schäbigster Konstruktion, von der Hotelleitung als Hausrat den Gästen schamlos zur Verfügung gestellt –, kaum für längeres Sitzen geeignet war, dieser Sonnenbalkon gab ihm trotz allem das Gefühl, bei sich und allein zu sein, um Gedanken zu ordnen, die wirr überall und nirgends waren, etwa bei dem falschen Flamenco-Geklapper, das für teures Geld den Horden von Gruppenreisenden aus dem Norden angepriesen und verhökert wurde, jenes Nordens, dem entronnen zu sein er vermeintlicherweise angenommen, sich darin aber zutiefst getäuscht hatte. Denn war nicht sogar die Linzer Wirtsfrau, dieses unausstehliche Weib, bei der er gezwungenermassen Wochen zuvor Unterkunft hatte nehmen müssen, die mit ihrem für Oberösterreich typischen Namen Stangele eine der verlogensten Personen war, der er je begegnet, und deren heuchlerische Sturheit, gepaart mit stumpfsinniger Geldgier, ihn vom Ort vertrieben hatte, diese unerträgliche Linzer Wirtsfrau, war sie nicht auch hier auf dem Sonnenbalkon allgegenwärtig, ja mächtig wie die Sonnenstrahlen, die vereinzelt plötzlich wieder durchschienen und ihn fast zum Verlassen des Aluminiumstuhles gezwungen hätten, zum Rückzug vom Sonnenbalkon in die düstere Öde abblätternder Hotelräume. Gedanken zu ordnen auf dieser Sonnenterrasse mit dem wackligen Aluminiumstuhl – ein anstrengendes Geschäft! Denn zum Gedankenordnen wäre jene Ruhe vonnöten, die in klösterlichem Gemäuer, in Innenhöfen mit ihren Myriadengärten, in Luzinienhainen oder im Mondschatten der Palmbäume denkbar, ja allein dort denkbar war, wo bedrohliche Lärmschwaden eines mörderischen Verkehrs gar nicht hindringen könnten. Musste das so sein? Gab es nicht jene fernöstlichen Weisen, die es fertigbrachten, in jedem Augenblick grösster äusserer Bedrängnis, im Taumel allerschlimmster Lärmorgien, auch hier auf dem Sonnenbalkon, wo Sekunde für Sekunde Ablenkungen der verschiedensten Art unaufhörlich eindrangen, innere Ruhe zu bewahren? Weshalb brachte er nicht fertig, was diese Weisen offensichtlich vermochten? Wo doch eine Frau Stangele, die auf fast alles, was er an Lebenskraft noch in sich trug, keinen Gedankeneinfluss mehr gehabt, wo nur noch ein schweigender Mond zur Einkehr gemahnt hätte? Ja, hätte er über diese Weisheit je verfügt, wäre die Stangele von vornherein ihm gegenuber ohnmächtig gewesen, hätte nichts ausrichten, ihn nicht zerstören, ihm seine geistige Lebensgrundlage nicht unter den Füssen wegziehen können. Er hätte niemals diesen Sonnenbalkon, der, wie schon erwähnt, zurzeit gar kein Sonnenbalkon war, weil die Sonne Gott sei Dank im Augenblick nur ganz spärlich schien, sich hinter Wolken versteckt hielt, betreten müssen und auch den Aluminumstuhl, der ihm des ewigen Herumsitzens wegen schon körperliche Schmerzen zu verursachen begann, sich selber überlassen können. Er hätte nie hierherkommen, nie herumreisen, nie seinen Aufenthaltsort verlassen, nie flüchten müssen. Diese spindeldürre, doppelzüngige Wirtsfrau — die Stangele betrieb ja schon seit Jahrzehnten diesen an einer Ausfahrtstrasse gelegenen, vom unerträglichen Auspuffgestank der Lastwagen fast unbewohnbaren Holzviertlergasthof — herrschte wie eine allgegenwärtige Tyrannin über drei schmächtige Angestellte, die als Untergebene ihr völlig ausgeliefert waren, nur hin und wieder untereinander zu tuscheln wagten, die unsinnigsten Befehle entgegennahmen und mit ihrem stereotypen „Jawohlfraustangele", das fast immer auf irgendeinem Gang, in der Küche oder in der Gaststube zu hören war, eine Kulisse eintönigster Art schufen. Hier auf diesem Sonnenbalkon, der im Augenblick gar keiner war, wagte er den Vergleich, die Stangele herrsche in ihrem Holzviertlerhof wie die Sonne über die Erde. Erbarmungslos, unerbittlich und hoffnungslos ausgeliefert war, wer als von vornherein untergebener Gefangener sich ihr hingab, ihr vertraute, nicht die letzten Mittel ersann, ihrer Allgegenwart die grösste Kraft entgegenzusetzen. Die Stangele und die Sonne, wer hätte jemals einen derartigen Vergleich gewagt, wenn er nicht selber ihr Opfer, zumindest für die Zeit seines Aufenthaltes im Holzviertlergasthof, geworden wäre. Jedermann hätte einen solchen Vergleich als absurd und abwegig bezeichnet, ja den, der ihn angestellt, als verrückt und unzurechnungsfähig erklärt. Doch wieviel wussten diese Durchreisenden, die im Haus der Stangele für ein oder zwei Tage in der Regel abstiegen — die meist als Touristen, die in Reisecars in Gruppen hier haltmachten, fettige Strudelportionen hinunterwürgten und den von den Untergebenen auf Geheiss der Vorgesetzten zusammengepanschten Wein, der in der Regel mit einer öligen Zuckerbrühe angereichert war und von dem niemals ein stehengelassener Überrest weggeschüttet wurde, in sich hineingossen —, wieviel wussten diese tumben Voyageure, denen man in den Reisebüros eingeredet hatte, wie unabdingbar ein Besuch des Schlosses oder des alten und neuen Doms in dieser Stadt sei, wieviel wussten diese modernen Vagabunden wirklich von der Holzviertlerhofwirtin? Alles, was er über die Stangele wusste, alles, was sie ihm angetan, hätte er in diesem Augenblick, als gerade riesige Auto- und Motorradkolonnen sich auf der Strasse, auf die sein Sonnenbalkon Ausblick hatte, hinwalzten, die fürchterlichsten Abgasschwaden aus sich herauspressten, Motorenlärm und Huperei sich zu schrillen Dissonanzen vereinten, alles die Stangele Betreffende hätte er aus sich herausschreien und wild herausbrüllen mögen, wäre nicht die Sonne jetzt wieder plötzlich voll da gewesen, diese glühende Schreckenssonne, der er wie von einem Feuerspiegel geblendet zu entkommen versuchte und ins Innere seiner ärmlichen Hotelkammer, die zumindest doch eine bettähnliche, mit einem blauen Tuch versehene Schlafpritsche enthielt, entfloh. Hier loszuschreien, loszubrüllen wäre nicht ratsam gewesen, hätte so etwas doch die Fernsehtouristen, die häufig, je länger je mehr auch tagsüber, in ihren Zimmern verweilten, weil die Hoteldirektion auf dem Videokanal auf vielfachen Wunsch hin alle zwei Stunden mit einem neuen Action-Thriller aufwartete, stören können, sodass es bei der Réception unweigerlich zu Reklamationen gekommen wäre und ein Hotelcamarero angeklopft hätte. Losbrüllen und Losschreien hätte ja auch, wie oftmals hatte er solches schon versucht, zu nichts und abernichts geführt. Als die Stangele damals mit krächzender, aber dennoch überhöflicher Stimme zu ihm gesprochen hatte, es war ein kalter Novembersamstagnachmittag gewesen, in dieser Stadt, die mit den Jugendjahren Ludwig Wittgensteins Geschäfte machte, wobei er aber schon bei allerersten Auskünften, die er über den grossen Logiker einzuholen versuchte, auf Ablehnung gestossen war, in dieser Stadt, in der auf verkappte

Art das Andenken an Adolf Hitler allgegenwärtig und spürbar gewesen, in dieser Stadt, die plakativ das Werk Bruckners anpries, aber ein nach dem Meister benanntes sogenanntes höheres Konservatorium im Block- und Tankstellenviertel eines öden Aussenquartiers angesiedelt hatte, hätte er rechtsumkehrt machen, sich umdrehen und davonlaufen sollen — weg von diesem Ort, weg aus dieser Stadt. Stattdessen, es war ihm noch heute genau im Ohr, hatte er ihr gegenüber dieselben Worte gewählt, die ihre Untergebenen ständig im Munde führten: „Ja, Frau Stangele, jawohl, Frau Stangele", es freue ihn, dass sie ihm zu so günstigen Bedingungen Quartier anbiete, er nehme ihre Einladung, in ein Zimmer des Holzviertlergasthofes einzuziehen, gerne an. „Alles muss so sein, wie es ist", hatte die Stangele ihm erwidert. Hier bei ihr stiegen stets Künstler und andere Geistesschaffende ab. Auch das Klavierspiel störe in keiner Weise, auch wenn das alte Röhnischklavier, das zu Weihnachten regelmässig gestimmt werde, im grossen Gesellschaftsraum stehe. Sie selber sei zutiefst mit der Kunst verbunden, besuche die Bruckner-Konzerte, wenn immer es ihr möglich sei, selten genug zwar, denn ihre Arbeit im Holzviertlerhof sei kaum zu bewältigen. Aufs Personal könne man sich heutzutage, wie der Herr ja wohl wisse, nimmer verlassen. Auch habe es heuer besonders viel zu tun gegeben, denn um alles müsse sie sich selber kümmern. Auf nichts sei im Grunde Verlass. Sogar

die Bettücher würden von einem Teil der Angestellten, entgegen ihrer ausdrücklichen Anord-
nung, nur selten gewechselt, was eine Ungehörigkeit sei und sie schon aus Gründen der Hygiene
nicht dulden könne. Ja, auch in der Küche hapere
es an allen Enden. Die Friteusen, die für die Pataten
und für die Fritatensuppe ständig gebraucht würden, müssten von ihr persönlich gesäubert werden,
denn das Personal verwende das alte Öl viel zu lange, ja halte sich heutzutage an keine Vorschriften
mehr. An der Kunst und an allem Geistigen halte
sie aber aus Überzeugung fest. Das könne man ihr
nicht nehmen, auch wenn die wirklichen Werte
jetzt nicht mehr hoch im Kurs stünden. Sogar im
„Kurier" und in der „Kronenzeitung", Zeitungen,
die sie täglich zu lesen pflege, sei über den bedroh-
lichen Abbau der höheren Moral kürzlich ausführ-
lich berichtet worden. Kunstschaffende und Gei-
stesleute seien bei ihr indes immer willkommen.
Um niemanden kümmere sie sich mehr als um solche Leute. Sie habe es deswegen ihren Untergebenen auch grundsätzlich verboten, deren Zimmer zu
betreten. Zu leicht könne es geschehen, dass bei
unachtsamem Aufräumen Unordnung entstehe.
Das Dienstpersonal, das wisse der Herr ja selber,
sei heute weniger denn je in der Lage, sorgfältig zu
arbeiten, habe nur Flausen und oberflächliche Ver-
gnügerei im Kopf, weswegen sie zumindest alles,
was irgendwie wichtig sei, selber besorge. Wenn
etwa mit der Heizung etwas nicht richtig funktio-

niere, so möge der Herr die Freundlichkeit haben, nur ihr allein darüber Mitteilung zu machen. Sie müsse aber darauf dringen, dass der werte Herr das Zimmer stets abschliesse. Nur sie verfüge über einen Zweitschlüssel. Der Herr könne sich nicht vorstellen, wie neugierig die Angestellten seien. Es fehle ihnen auch an Verschwiegenheit. Sogar Diebstähle, für die allerdings keinerlei Haftung bestehe, seien in letzter Zeit öfter vorgekommen und hätten zu grossem Ärger geführt. Die Polizei habe trotz grösster Anstrengungen nichts ausrichten und niemandem etwas nachweisen können, was ihr natürlich sehr peinlich, für einen Charakter wie den ihrigen ja geradezu eine Schande gewesen sei. Deshalb müsse der Herr es auch verstehen, dass sie jetzt auf alles, was mit ihm zusammenhänge, ein besonderes Augenmerk haben und auch dafür sorgen werde, dass er in seiner Kammer ungestört arbeiten könne. Gegen den Strassenlärm, an den man sich mit der Zeit leicht gewöhne, könne sie selber natürlich keine Abhilfe schaffen. Verkehrsberuhigungen, wie sie andernorts jetzt üblich würden, gebe es in dieser Stadt noch nicht. Ob sich das ändern werde mit der Zeit, wisse sie nicht. Alles sei letztlich eine Frage der Kultur. Sie selber sei ein durch und durch kultureller Mensch, besuche die Bruckner-Konzerte, wenn immer ihr das möglich sei. Sie habe es dem Herrn ja schon gesagt, wisse aber nicht, ob er es mitbekommen habe. Es sei eine Frage der Zeit, alles müsse sie hier im Holzviertlergasthof selber erledigen. Selbst in der Küche und im Zimmerdienst sei strenge Aufsicht vonnöten. Der Herr wisse ja, wie es um das verfügbare Personal heute stehe. Die Kunst und alles Geistige sei für sie aber letzten Endes immer das Wichtigste gewesen, und ohne Gottesglauben, sie nehme an, der Herr sei ebenfalls katholisch, gehe gar nichts. Sie gehe spätabends auch nicht ins Bett, ohne noch kurz in der Bibel gelesen zu haben. „Jawohl Frau Stangele", er danke ihr, dass er zu solch günstigem Preis das Zimmer bei ihr haben dürfe, hatte er damals auf all diese Ausführungen erwidert. „Jawohl Frau Stangele", wie lange er allerdings bleiben werde, das könne er zum jetzigen Zeitpunkt noch nicht sagen. Alles hänge von der Beendigung seiner Studien ab. War es Luftmangel oder dieser marode, unerträgliche Geruch, den die Wände seiner Kammer ausstrahlten? Er öffnete vorsichtig die Tür zum Sonnenbalkon, die, wie in allen derartigen Etablissements, klemmte, aber dann doch aufsprang, ihm einen Blick ins Freie ermöglichte. Die Sonne war für heute untergegangen. Sie ging ja um diese Jahreszeit stets früher unter. Es war nicht auszudenken, wie grauenhaft es hier sein musste, wenn der Sonnenstand am höchsten, die Tage am längsten waren. Ein Gefangener wäre man, ein gehetzter Sonnenflüchtling, der sich in düstere Mauerecken verkriechen würde, ähnlich gewissen Insekten, die sich nur bei Dämmerlicht oder in Mondnächten hervorgetrauten. Hätte er denn auch jetzt fliehen sollen? So wie er damals geflohen war aus den Krallen der Stangele, dieser Holzviertler Wahnsinnssonne, die in einem der schlimmsten Wutanfälle, die er je erlebt hatte, an jenem Dienstagmorgen im November, als er gerade von einem Aufenthalt in der Stadtbücherei mit einem Band Schopenhauer, dem zweiten der Parerga und Paralipomena, in der Hand ins Zimmer zurückgekehrt war, seine verkohlten Manuskriptblätter, die das Ergebnis dreier Jahre Arbeit, dreier Jahre, in denen er für sich allein, wie er meinte, das Wichtigste, was er je in seinem Leben gedacht, geschrieben und von sich gegeben hatte, enthielten, die jetzt nur noch verkohlte Manuskriptblätter waren, ihm vor die Füsse geworfen, ihn in den unflätigsten Redeweisen beschimpft, ja, als er sie völlig sprachlos und überwältigt anstarrte, ihn angespuckt hatte mit dem Ausdruck des grössten Hasses im Gesicht, dann nach einer kurzen, spannungsgeladenen Pause im kältesten Tone erklärte, sie dulde nicht, dass in ihrem Hause, das ihr gehöre, seit Jahrhunderten ihrer Familie gehört habe, solche Schreibereien, wie sie sie gelesen, genau gelesen und sich gemerkt habe, auch künftig herumlägen. Sie habe jetzt dafür gesorgt, dass derlei verschwinde. Gottloses, geistloses Zeug sei es. Sie werde ihren Priester, zu dem sie zur Beichte gehe, genau darüber orientieren, denn zu beichten habe sie sonst nichts. Es sei rechtens geschehen, was geschehen sei. Alles, was sei, müsse so sein. Niemals würde sie auch in Zukunft anders handeln. Gott sei bei ihr, und sie in Gottes Hand. Wenn sie Menschen wie solch einem Schreiber länger als bis zum Wochenende in ihrem Hause noch Gastrecht gewähre, so sei das bereits falsch verstandene Barmherzigkeit. Hinauswerfen sollte man Leute, die derart gottloses Zeug schrieben. Mit der Preisreduktion, die sie grosszügigerweise Geistesmenschen gewähre, sei jetzt nichts mehr. Sie werde den vollen Betrag, der im übrigen vom Verkehrsamt genehmigt sei, in Rechnung stellen. Und wenn es Schwierigkeiten gebe, dann hole sie die Polizei. Es sei vermutlich ohnehin besser, einen derart perversen Schreiberling etwas genauer unter die Lupe zu nehmen. Es sei ja möglich, dass auch andernorts oder in seinem Heimatland schon Beanstandungen vorlägen und Nachforschungen gegen ihn angestellt worden seien. Sie selber habe sich nichts vorzuwerfen. Wenn solch ein Gast aber die Frechheit besitzen sollte, sich bei einer Amtsstelle über sie zu beklagen, was in diesem Falle aber wohl kaum anzunehmen sei, so habe er keine Chance: es sei ja bekannt und gesetzlich geregelt, dass die Hoteldirektion für Dinge, die vom Gast nicht an der Réception ins Depot gegeben worden seien, in keiner Form hafte. Hätte er auch jetzt fliehen sollen, vom Sonnenbalkon weg in die Lärmstrasse dieses Trubelortes, auf dem Meeresluft vermischt mit Benzingestank und den Gerüchen toter Fische lastete? Fliehen wohin? Zum Fluchtpunkt, zum Null- und Nichtspunkt, zum Anfangs- oder Endpunkt? Etwas anderes gab es jetzt ja gar nicht mehr. Im Mondschatten einer kastilischen Burgruine hätte er sich vielleicht noch wohl fühlen und Ruhe finden können. Doch hier gab es nur ekeleinflössende Kehrichtsäcke, Abfallhaufen, die allerorten an Hauswänden lehnten. Der Tag, die Stunde, der Augenblick waren ihm gleichgültig. Er hörte nur sein Herz schlagen, wohl weil er so schnell und dennoch ziellos durch die Gassen eilte. Heimweglos, obwohl er doch wusste, dass er in der Nacht wieder in einem Bett schlafen würde. Sicher war ein solcher Bettgang der falsche Heimweg. Der richtige, wenn es ihn überhaupt gab, war seit langem verloren gegangen, führte nicht dorthin, wo seine Schlafkammer, sein Sonnenbalkon, sein Aluminiumstuhl scheinbar auf ihn warteten. Früher, Jahre zuvor, hätte er vielleicht noch so viel Zeitgefühl, so viel inneren Zeitsinn, und nichts anderes war Heimat ja letzten Endes, aufbringen können, von vorne anzufangen, um alle Zusammenhänge und Folgerungen nochmals zu durchdenken, seine Thesen, die er Präliminarien nannte, logisch geordnet aufs Papier zu bringen, nichts zu vergessen, nichts auszulassen, alles kritisch zu überprüfen und ungeachtet der enormen Anstrengung wieder beim Alpha zu beginnen, wohlwissend, dass er das Omega niemals erreichen würde. Jetzt war ihm eher wie einem einzelnen Buchstaben zumute, irgendeinem Buchstaben. Wie gering achtete er plötzlich all dies Touristenvolk, das kaugummikauend Bilder anschaute, im Grunde gar nichts wissen wollte oder so tat, als ob es alles über die angeblichen Sehenswürdigkeiten auswendig wüsste, ständig in Touristenführern blätterte, Ausführungen monotonster Art von Reiseleitern gähnend anhörte oder, auch wenn es etwas wusste, nicht wusste, wie das alles einmal weitergehen sollte. Nein, als Buchstabe hätte er sich jetzt wohler gefühlt, als irgendein Buchstabe, zerstreut und konzentriert zugleich, hätte er zuhören können, ohne zu hören, aufhören, ohne angefangen zu haben, ohne Vorliebe für bestimmte Worte, wäre er sich wie ein Alibi vorgekommen, weisses, unbedrucktes Papier eine Wohltat, eine Ruhepause im Geschreibsel des Geschriebenen, als Buchstabe, sei es als „a" oder „u", wäre er einfach dagewesen, ohne irgendeinen Kontext, ohne anspruchsvoll zu sein, ohne jede Anmassung, Sinnvolles auszusagen oder zu bedeuten. Denn als Buchstabe, als reine Letter, wäre seine Existenz gesichert gewesen, die Stangele hätte nichts gegen ihn unternehmen, seine vielen Wörter und Sätze niemals im Kamin verbrennen können. Ihm war damals, an jenem späten Schreckensdienstagmorgen zumute gewesen, als stünde er seiner eigenen Körperasche gegenüber, als hätte sich sein Gasthofzimmer, dieser dunkle, abgeschrägte Raum, in eine Krematoriumskammer verwandelt. Die Stangele musste, bevor er von der Bücherei zurückgekommen war, nachdem sie das Manuskript seiner Präliminarien eigenhändig verbrannt hatte, alle Überreste, die das Feuer zurückgelassen hatte, feinsäuberlich aus der Feuerstelle entfernt, auf einem Suppenteller ausgebreitet und dann, weil sie wusste, dass er stets um diese Uhrzeit, wenn die Bibliothek über Mittag schloss, in den Gasthof kam, um sich seine Mittagsbrote zuzubereiten, auf ihn gewartet haben. Er selber war nach dem schrecklichsten Auftritt, den er je erlebt, sprachlos dagestanden, hatte kein Wort herausbringen, mit den Händen zitternd sie nur fassungslos anstarren können, wobei ihm kein Wort dessen entging, was sie ihm, nachdem ihm gleich zu Anfang, er hatte das Zimmer kaum betreten, der Teller mit der Asche des verbrannten Manuskripts vor die Füsse geworfen worden war, mit ihrer elenden, heuchlerischen Stimme gesagt hatte. Es war ein teuflischer Zustand der Verzauberung gewesen, dem er, ohne sich irgendwie wehren zu können, da ausgeliefert war. Er war ja kein Mensch, der sich auf echte Weise — der Verteidigungssport, den er Jahre zuvor mehr aus Spass, denn aus Überzeugung regelmässig getrieben, hatte nur Geld gekostet, nie jedoch irgendwelchen Nutzen gebracht — gegen andere zur Wehr setzen konnte. Und so war die Stangele damals Siegerin geblieben, mit einem fanatischen Triumph in den Augen, der etwas Bösartiges und Krankhaftes an sich hatte, sodass er unwillkürlich die Haltung jener speziellen Tierart annahm, die beim Auftauchen von Gefahr erstarrt und in einen todesähnlichen Zustand verfällt.

Noch heute machte er sich den Vorwurf, dass er alles so einfach hatte geschehen lassen, wie wenn er, der ja nichts anderes als während dreier Jahre an seinen „Präliminarien zu einer Ethik der Beendigung", so hatte er sein Werk benannt, mühsam und voller Entbehrungen gearbeitet hatte, der eigentlich Schuldige gewesen wäre. Die Stangele war Siegerin geblieben, nicht er, der vor Jahren seinen angestammten Beruf aufgegeben, von einem Tag auf den andern an den Nagel gehängt und seinem damaligen Brotherrn zu verstehen gegeben hatte, dass er es endgültig satt habe, als sogenannter Journalist, als Schreiberling von Wirtschaftsorganisationen, mit denen er nichts, aber auch gar nichts zu tun habe, auch nur eine Stunde länger tätig zu sein. Die Stangele war Siegerin geblieben, nicht er, der seitdem von der Hand in den Mund gelebt, nur an seinem Werk gearbeitet und auf die happigen, luxuriösen Honorare, die ihm früher für seine zynische, letztlich unverantwortbare Arbeit bezahlt worden waren, verzichtet hatte. Und jetzt war all das, was er in mühseligen, unbezahlten Stunden erschaffen, in Asche aufgegangen. Aber wie stand es denn in Wirklichkeit um dieses längst verkohlte, der Müllabfuhr einer österreichischen Provinzstadt überlassene Werk, das sein Werk gewesen, immer sein Werk geblieben wäre, wäre es nicht der barbarischen Vernichtung durch die Stangele anheimgefallen. Bestand dieses Werk nicht dennoch, als Inhalt zumindest, als eine unaufhörlich weiterarbeitende Gedankenmaschine in seinem Hirn, die statt beschriebener Manuskriptblätter jetzt formlos-chaotische Gedankensplitter produzierte, die trotz seines unerbittlichen Zornes der Holzviertlerwirtin gegenüber sich nirgends verleugnen liessen, auch hier auf dem Sonnenbalkon seiner Hotelkammer nicht, wo er sich auf dem für ihn bestimmten Aluminiumstuhl erneut niedergelassen hatte, trotz des monotonen Discolärms, der die Autogeräusche meist noch zu übertönen vermochte, und ein Glas Rioja-Hauswein, den die Direktion ins Zimmer gestellt hatte, in der Hand hielt, nippend, ausspeiend, weil der Wein so sauer war. Ihm war bewusst, dass der blosse Inhalt eines Werkes, einer Komposition, ja Kunst in irgendeiner Weise, auch wenn es sich um allumgreifende Gedankengebilde gehandelt haben würde, nie ein wirkliches Werk sein konnte, denn ohne die Form hatte es keine eigentliche Existenz, würde niemals eine haben können, bliebe trotz bester Absichten ein utopisches Nichts. Was ihm jetzt noch bleiben würde, denn die Kraft, ein neues Werk hervorzubringen, spürte er nicht mehr in sich, war lediglich die Möglichkeit, einige hilflose Ordnungsversuche anzustellen, Orientierung zu schaffen, die Maxime hochzuhalten, dass es vor allem gelte, die Endsituation ins tägliche Handeln einzubeziehen, denn nur die ständige Konfrontation mit ihr gewährte noch eine Spur von Sicherheit und die Basis für eine geläuterte Ethik des Alltags. Dass der fürchterliche Zwischenfall damals das Gegenteil von geläuterter Ethik gewesen war, schien ihm klar. Doch hätte er sich wehren, hätte er kämpfen sollen? Und wenn, um was, wo doch das Werk selber bereits vernichtet war und ein Weib wie die Stangele, die sich möglicherweise an seiner These über das grundlegende Recht des Menschen auf einen eigenen, freigewählten Tod gestossen, die seine ethischen Gedankengänge, dass es für die Menschheit in ihrer Gesamtheit besser sei, ihr Ende in Friede und Entschlossenheit selber herbeizuführen, zutiefst geärgert, die alle seiner Meinung nach logischen Gedankengänge, die er in Traktatform entwickelt hatte und die ein vorzeitiges, selbstgewähltes Ende der Menschheit auf sanftem Wege postulierten, als gottlos vehement verworfen, seine eingehende Abrechnung mit allem Religiösen, der christlichen Eschatologie im dritten Kapitel seines Manuskripts im besonderen, als zynisch frivol angesehen, das Prozedere, wie weltweit und unter Einbezug aller Kulturunterschiede die voneinander abweichenden Menschengruppen von der Notwendigkeit einer freigewählten Menschheitsbeendigung zu überzeugen wären, ohne Atombombe und kriegerische Selbstzerstörung wohlgemerkt, als verdammenswürdig empfunden, seine Gedanken über die Zufälligkeit der menschlichen Existenz als Blasphemie verstanden, das siebte Kapitel, das von der Solidaritätspflicht der Menschen im Konsens der Selbstbeendigung handelte, vielleicht gar nicht verstanden, die mehr symbolischen Einschübe über Sonne und Mond, Ferne und Nähe, Licht und Schatten als unsinnig abgetan, die selbstkritischen Überlegungen zu seinen eigenen Thesen wohl gar nicht zur Kenntnis genommen hatte, ihn nur als eine besonders bösartige, besessene Spezies des menschlichen Geschlechts irgendwie noch interessieren konnte. Ja, vielleicht wäre es richtig gewesen, die Stangele ein für alle Mal links liegen zu lassen, ihr keinerlei Aufmerksamkeit mehr zu schenken, den Holzviertlergasthof mit seiner herrschsüchtigen Wirtin auf Lebenszeit zu vergessen, ihr eigenmächtiges Handeln damals als das zu nehmen, was es vermutlich war: ein Ausbund katholischer Verdummung, ein Akt sektiererischen Wahnsinns. Wäre er eines solchen Gefühls fähig gewesen, ihm hätte möglicherweise sogar noch das Glas Wein geschmeckt, das er als Zumutung empfunden und vom Sonnenbalkon einer im Garten herumstreunenden Katze auf den Kopf zu schütten versucht hatte. Hätte er die Stangele vergessen, ja vielleicht für alle Zeiten vergessen können, welch befreiendes Ruhegefühl wäre in ihm eingekehrt. Stattdessen diese bedrängende Unruhe, der er ausgesetzt war, dieses ständige, hautnahe Umgebensein von braungebrannten Touristen, die ihm in den Gängen, im Speisesaal, auf der Strasse rund um die Uhr begegneten, ihr unaufhörliches Reden über Belanglosigkeiten, die Lärmschwaden des Verkehrs, die auch nachts zu ihm ins Zimmer drangen, ihn nicht schlafen liessen, dieser paranoide Tourismus, dessen Fliessbänder ohne Unterbruch liefen, diese Störung in Permanenz, dieses Bedrängtsein von allen Seiten, von allem, was diese mörderische Zerstörersonne in täglicher Wiederholung unerbittlich stets aufs neue hervorbrachte. Ja, vielleicht wäre es tatsächlich damals richtig gewesen, die Stangele ein für alle Mal links liegen zu lassen. Stattdessen hatte er Stunden später, nachdem seine Papiere von der Holzviertlerin zerstört worden waren und er seine Sprache zumindest teilweise wiedergefunden hatte, einen Rechtskonsulenten aufsuchen wollen, um mit einem normalen Menschen den Vorfall zu besprechen und herauszufinden, was gegen die Wirtin allenfalls zu unternehmen sei. Er war an dem Namensschild, das, mit Adolf Rederlechner, Rechtsberatungen, versehen, an einer der Hausmauern am nahegelegenen Taubenmarkt hing, schon oft vorbeigegangen. Er hatte sich nie etwas dabei gedacht, jetzt aber glaubte er, dass der ihm unbekannte Mann vielleicht werde helfen können. Ihm war seltsam zumute, als er sich, von einer plötzlichen Körperschwäche befallen, nach Atem ringend langsam und bedrückt die mit einem Teppich belegte, dunkle Stiege — Licht schien es in dem alten, aber vornehmen Gebäude nicht zu geben — hinaufschleppte, an der Glocke klingelte und wartete. War ihm überhaupt zu helfen in seiner Lage, in dieser ohnedies aussichtslosen Situation, denn sein Werk, das andere überhaupt nie zu sehen bekommen hatten, war ja gar nicht mehr vorhanden. Wäre es bloss gestohlen worden, die Sache wäre eine ganz andere gewesen. Man hätte die Stangele wegen Diebstahl anzeigen, wegen bösartiger Verleumdung einklagen können. Er zweifelte, ob rechtliche Schritte irgendwie sinnvoll sein könnten, denn das Manuskript war so oder so verloren, unwiederbringlich, auf ewige Zeiten. Unklar war ja nicht minder, wie die Behörden hier in Österreich, deren Allgemeinzustand, wie er schon mehrmals gehört hatte, jammervoll sei und hinsichtlich Effizienz im Koma liege, reagieren würden, wenn er wohl oder übel bei einer Konfrontation mit der Stangele Aussagen über den Inhalt seiner Präliminarien machen müsste, wahrheitsgemäss natürlich, nicht, wie die Holzviertlerwirtin, mit lügnerischen Behauptungen und bösartigen Unterstellungen. Könnte nicht alles sogar zu einer Anklage gegen ihn selber führen, zum Vorwurf, gegen öffentliche Moral und sittliche Ordnung in diesem Land verstossen und die kirchlichen Würdenträger, ja die katholische Kirche in ihrer Gesamtheit auf widerliche Weise beleidigt zu haben. Ihm war nicht ganz wohl in seiner Haut, als er zum zweiten Mal klingelte, die Tür zur Kanzlei von einer älteren, ganz in violett gekleideten Frau geöffnet und er hereingebeten wurde. Ob der Herr einen Termin habe, wollte sie mit unterdrücktem Misstrauen in den Augen, aber dennoch eher gleichgültig wissen. Nein, er habe keinen, es handle sich um einen aussergewöhnlichen, für ihn selber sehr dringenden Fall, und er wäre Herrn Rederlechner, so antwortete er der Bürovorsteherin, zu grossem Dank verpflichtet, wenn er ihn empfangen würde, wobei er wohl wisse, dass so etwas eine grosse Ausnahme, für ihn selber aber lebenswichtig, von allergrösster Bedeutung sei, denn ihm sei etwas angetan worden, was sonst wohl nur selten, wenn überhaupt jemals, einem Menschen angetan worden sei, und deshalb wäre es eine grosse Hilfe, wobei er selbstredend alle Kosten der Beratung unverzüglich hier im Büro begleichen würde, wenn Herr Rederlechner ihn kurz anhören könnte. Nachdem die violette Dame sich bei ihrem Chef erkundigt und offenbar auf die Dringlichkeit des unerwarteten Besuches hingewiesen hatte, öffnete sich die Kanzleitür, und ein kleiner, rundlicher, immer noch gut aussehender Mann, der über siebzig Jahre alt sein musste und offensichtlich Rederlechner war, bat ihn hereinzukommen. Er übernehme als Verwaltungsratspräsident der „Oberösterreichischen", der führenden Zeitung am Ort, eigentlich grundsätzlich keine neuen Fälle mehr, erklärte er einleitend. Der Herr, der ja hier, wie er sage, in Linz nur vorübergehend weile, müsse das verstehen. In seinem Alter seien seine Kapazitäten beschränkt, und für hiesige Rechtsberater sei es überdies stets heikel, ausländische Klienten anzunehmen, besonders, wenn es sich um lokale Angelegenheiten handle. Das könne dem Ruf schaden.

Er habe viel zu verlieren, und fremdländische Kundschaft bringe, selbst wenn es sich um eindeutige Fälle handle, meist überhaupt keinen Gewinn. Einen Türken, der die Frechheit gehabt habe, so wie er jetzt, einfach in seine Kanzlei zu kommen, und der, wie es geschienen habe, von einem einheimischen Arbeitgeber um seinen Monatslohn geprellt worden sei, habe er schlicht aus dem Büro hinausgeworfen. Alles müsse schliesslich in geregelter Form und mit Rücksicht auf die hiesigen Verhältnisse abgewickelt werden. Zu einer kurzen Beratung sei er im jetzigen Falle zwar ausnahmsweise dennoch bereit. Er müsse aber darauf dringen, dass der Herr sich kurz fasse und das Honorar, dessen Höhe den Empfehlungen des österreichischen Anwaltsverbandes folge, dem er seit Jahren, ja seit Jahrzehnten angehöre, gleich nach der Sitzung ihm in die Hand begleichen werde. Alles, was im folgenden Gespräch gesagt werde, müsse indes geheim bleiben, und unter gar keinen Umständen dürfe der Herr anderen Personen gegenüber hier in der Stadt den Namen Rederlechner je erwähnen oder etwa gar sich auf Ratschläge berufen, die er ihm gegeben habe. Der Herr möge jetzt die Freundlichkeit haben, in knapper Form den ihm wichtig scheinenden Sachverhalt zu schildern, aber alles Unnötige und irgendwie sonst Entbehrliche auf der Seite zu lassen. Es war ein schlechter, selbstzerstörerischer Einfall gewesen, den Rederlechner um Rat zu fragen, dachte er, nachdem er erneut die Tür zum Sonnenbalkon der zunehmenden Sonneneinstrahlung wegen geschlossen, das Rouleau herabgezogen hatte und jetzt versuchte, auf seiner Schlafpritsche etwas Ruhe zu finden. Der Rederlechner, wie ihm immer mehr bewusst wurde, war ein ausgekochter Schurke gewesen, hatte ihm nicht nur für die knapp halbstündige Unterhaltung fast fünfhundert Schillinge abgenommen, sondern, nachdem der Name der Stangele gefallen war, ihn nur noch über das Unheil, das ihm von der Holzviertlerwirtin angetan worden war, ausgehorcht, wobei man ihm an den Augen ablesen konnte, dass die Frau ihm bekannt war, er möglicherweise gar für sie arbeitete und ihr alles über seinen Besuch zutragen würde. Von neutraler Beratung hatte damals also nicht die Rede sein können. Ja, beim Hinausgehen aus der Kanzlei war ihm sogar ein Beweis für seine Vermutung in die Hände gefallen, als er nämlich feststellte, dass der Name der Stangele auf einer Referenzliste des honorigen Rechtsberaters, die im Vorzimmer der violetten Bürodame zu Werbezwecken haufenweise auflag, figurierte, was zudem bewies, dass der alte Herr seine Geschäftstätigkeit keineswegs dermassen eingeschränkt haben konnte, wie er eingangs so heuchlerisch behauptet hatte. Der Rederlechner müsse, so ging ihm durch den Kopf, während er an die schmutzig-graue Decke seines kleinen Zimmers starrte, mit der Stangele nicht nur geschäftlich zu tun gehabt und sie vermutlich in allen den Holzviertlergasthof betreffenden Rechtsfragen beraten haben. Nein, sicher steckte er auch mit ihr in allen anderen Sachen unter einer Decke, war gewissermassen ihr persönlicher Spitzel, der ihr alles, was ihm zu Ohren kam und für die Wirtin hätte von Nachteil sein können, unverzüglich mitteilte. Nur so konnte er sich erklären, dass, nachdem er alles so klar wie möglich dargelegt hatte, nach Ablauf von lediglich einer knappen halben Stunde, für die er immerhin fünfhundert Schillinge hingeblättert hatte, er mit einem völlig lächerlichen und oberflächlichen Ratschlag abgespiesen worden war, der ihm nichts, aber auch gar nichts Nützliches gebracht hatte. Dass die Stangele eine Mörderin an seinem Werk, eine kalte Killerin seiner Aufzeichnungen gewesen, was er dem Rederlechner gegenüber klar und deutlich zum Ausdruck gebracht hatte, war bei diesem nur auf ein höhnisches Lächeln gestossen. Dass er seine Präliminarien als eine rein private Arbeit betrachte, dass es ihm aber darum gegangen sei aufzuzeigen, dass das Freiheitsrecht des einzelnen Menschen darauf, den Zeitpunkt seiner eigenen Selbstbeendigung frei zu bestimmen, eo ipso auch das Recht der gesamten Menschheit impliziere, über ihre Auslöschung endgültig zu bestimmen, eine derartige Auslöschung aber niemals gewaltsam, inhuman, barbarisch, sondern nur im Sinne eines durch und durch demokratischen Entscheidungsprozesses erfolgen dürfe, hatte Rederlechner mit leichter Miene als nicht zwingend abgetan. Er könne sich nicht denken, dass eine ausschliesslich im Gastgewerbe tätige und vielbeschäftigte Wirtin, wie Frau Bertha Stangele eine sei, sich für derart abstrakte Theorien interessieren könnte, auch halte er es für undenkbar, dass eine unbescholtene Bürgerin sich zu so einer Handlung, wie der Herr sie hier geschildert habe, jemals würde hinreissen lassen, hatte Rederlechner maliziös zu ihm gesagt. Wie in allen Kulturstaaten gälten im übrigen natürlich auch in Österreich verbindliche Richtlinien für das Gastgewerbe. Es stehe seinem Klienten deswegen auch jederzeit frei, sich beim hiesigen Fremdenverkehrsamt, das, wie er wisse, um diese Zeit für das Publikum aber bereits geschlossen sei, genauer zu erkundigen. Dies hinsichtlich der Haftpflicht von Betrieben des Gastgewerbes gegenüber Hotelgästen bei in deren Gastzimmern verlorengegangenen oder gestohlenen Gegenständen von einigem Wert im besonderen. Diese Nullauskunft, diesen kalt berechneten und völlig belanglosen Ratschlag hatte er von diesem Rederlechner gegen teures Geld erhalten. Und da war auch noch die Hotelrechnung, die jetzt fast um die Hälfte höher als ursprünglich vereinbart ausgestellt sein würde und die die Stangele sicherlich unverzüglich in sein Schlüsselfach gelegt hatte. Ihn schauderte davor, als er auf seiner Schlafpritsche liegend daran dachte, wie kalt und einsam ihm damals in jener österreichischen Stadt zumute gewesen war, wie kalt und einsam es auch hier an der sogenannten Costa del Sol sein konnte, wie völlig allein er sich fühlte, und wie jede Begegnung mit einem der Reisegäste, von echtem Gespräch konnte da ja nicht die Rede sein, ihn stets doppelt einsam zurückliess, und dass am Ende des Liedes stets der Kübelreiter Franz Kafkas auf einen wartete. Wie richtig schien ihm die in seinem jetzt zu Müll gewordenen Traktat festgehaltene Überlegung zu sein, dass der Mensch nicht nur sein Sein zum Tode lebe, sondern, was sich ja habe berechnen lassen, die Menschheit als solche den Keim zu ihrer eigenen Zerstörung und Auslöschung in sich trage, was an und für sich gar nichts Besonderes, sondern fast etwas Natürliches sei. Das wirklich Entscheidende und ontologisch Einmalige an der Lage der Menschheit bestehe indes darin, dass nicht nur der einzelne über seinen eigenen Tod bestimmen könne, sondern die Menschheit als ganzes, nicht zuletzt weil alles näherrücke, die frühere Ferne auf dem Erdball kommunikativ immer mehr nur noch scheinbar bestehe, im zu Ende gehenden Jahrhundert hinsichtlich ihres Weiterbestehens handlungsfähig werde, von der ihr ontologisch zustehenden Freiheit Gebrauch machen könne und weltweit über die Mittel verfüge, in eigener Kompetenz über den Modus der Selbstbeendigung zu entscheiden. Mit Ethik habe das alles sehr viel zu tun, es handle sich letztlich um die Wahl zwischen Barbarei und Würde, denn die Menschheit befinde sich aufgrund des

Ablaufs ihrer Geschichte in einem Zustand künstlicher Lebensverlängerung, moribunder Verdummung. Alle Hoffnungen, die heute noch, seien sie religiös oder soziologisch, ökonomisch oder psychologisch, ethnologisch oder sektiererisch, den Menschen von Scharlatanen angeboten würden, seien nichts und niemals etwas anderes als gefährliche und verblendende Utopien. Dass er in einer Einleitung zu seinen Präliminarien den Ruheständlern und Altersheimveteranen, die sich meist in allernächster Todesnähe befinden und ihr eigenes, wie das Ende des Menschengeschlechts als solches, im Normalfall verdrängen, ihren fleckigen Spiegel vorgehalten, dass er den Sterbeforschern und Suizidologen misstraut und ihnen den Vorwurf nicht erspart hatte, sie schritten mit zu viel Selbstbewusstsein daher, dienten letztlich nur der Lebenserhaltung, und besonders jene Stelle, wo er den kirchlichen Sterbebegleitern ihre meist berufliche Unfähigkeit und schleichende Doppelmoral vorgeworfen hatte, musste der Stangele, als sie sein Manuskript damals, ohne die Erlaubnis dazu zu haben, las, möglicherweise sauer aufgestossen sein. Dass sie sich persönlich angegriffen fühlte bei seinen Bemerkungen über die totalen, weltweiten Ablenkungsmaschinerien, die bei ständig anwachsendem Konzentrationsprozess sich des menschlichen Bewusstseins immer stärker bemächtigten, die zunehmende Verbreitung des Satellitenfernsehens sei hierfür nur ein einziges, aber bezeichnendes Beispiel, glaubte er indes nicht. Was er mit dem Ausdruck „televidenter Stuporzustand" gemeint hatte, hatte sie vermutlich kaum begriffen, viel eher dürfte sie das, was er über die Verblödung des „Sich-zu-Tode-Arbeitens", ohne an den eigenen Tod zu denken, geschrieben hatte, als auf sie gemünzt und persönlich verstanden haben. Sicher musste ihr auch alles, was er über den sogenannten Freitod, als der dem Menschen freigegebenen Möglichkeit, der eigenen vollendeten Endlichkeit nicht noch weitere, unnötige Schlussakkorde „à la Liszt" hinzuzufügen, notiert hatte, missfallen haben. Ganz besonders deshalb, weil er die von ihm so genannte Selbstbeendigung nicht nur als allgemeines Menschenrecht, sondern als existentielles Postulat bezeichnet hatte. Letztlich war es, so schien ihm, völlig sinnlos, sich darüber Gedanken zu machen, welche Stelle seines Manuskripts die Stangele geärgert, provoziert und in Weissglut gebracht haben mochte. Das meiste war ihr vermutlich ohnedies unverständlich geblieben. Nur ihr Hass ihm gegenüber dürfte von unfassbarer, krankhafter Intensität gewesen sein. Dass dieser Hass in solch extremem Masse ihm gegolten hatte eines an und für sich eher schwer zugänglichen Manuskriptes wegen, war letzten Endes nur schwer zu begreifen. Er erinnerte sich, wie er in den ersten Tagen seines Aufenthaltes im Gasthof die Holzviertlerwirtin entsetzt darauf aufmerksam gemacht hatte, dass in der kleinen Gästebibliothek, in der nicht nur die Bibel, billige

37

Unterhaltungsschmöker und Gustav Freytags Gesammelte Werke auflagen, sich auch ein abgenutztes Exemplar von Adolf Hitlers „Mein Kampf" befinde. Sie war damals über seine Bemerkung kaum erstaunt gewesen, sondern hatte nur erwidert, dieses Buch sei Vergangenheit, und es könne nicht stören, da es von niemandem mehr gelesen werde. Dass aber gerade Adolf Hitler der Stangele immer noch etwas bedeuten musste, hatte er von einer der drei Angestellten erfahren, der er einmal, als sie nach einem Streit mit der Wirtin vor seiner Zimmertür gestanden, auf die Schulter geklopft und dann in einem Gespräch erfahren hatte, dass die Alte, so wurde die Wirtin von dem Mädchen genannt, in ihrem Schlafzimmer über ihrem Bett neben dem Foto ihres verstorbenen Ehemannes ein Bild des Führers aufgehängt habe, ja, dass sie den Auftrag habe, den Rahmen desselben wöchentlich mindestens einmal zu reinigen. Ob das wirklich wahr sei, hatte er die junge Angestellte damals gefragt, ob sie unter einer solchen Chefin denn überhaupt arbeiten könne, ob es nicht bessere Arbeitsbedingungen in einem anderen Hotel der Stadt für sie gebe, wo sie vielleicht auch mehr verdienen könne. Nein, hatte sie ihm damals erwidert, weggehen könne sie von hier nicht. Nur bei einer Heirat wäre so etwas denkbar. Würde sie einfach kündigen, die Stangele hätte ihr unter solchen Umständen ein derart schlechtes Zeugnis geschrieben, dass sie nirgendwo mehr Arbeit, auch in der Schweiz nicht, wo ja dauernd Dienstpersonal gesucht werde, finden könnte. Eine Sklavenhalterin, die vor nichts zurückschreckte, nur ihre eigenen Interessen auf schamloseste Art im Kopf hatte und nicht einmal vor Bücherverbrennungen Halt machte, denn nichts anderes war es ja gewesen, was sie mit der Vernichtung seines Manuskriptes zelebriert hatte. Dass Rederlechner mit ihr unter einer Decke steckte, war erwiesen. Wie leicht war jetzt vorstellbar, dass auch bei diesem Rechtsverdreher ein Bild Adolf Hitlers im Schlafzimmer hing. Ja, bei Leuten wie der Stangele, dem Rederlechner und vielen anderen, die in Amt und Würde sassen, gab es das Führerbild offenbar nicht nur über den Betten in ihren Schlafzimmern, sondern, was noch viel schrecklicher war, es spukte in deren Köpfen herum und bestimmte ihr Handeln bis in die kleinsten, alltäglichsten Verrichtungen. Ihm war übel geworden in seiner andalusischen Schlafkammer angesichts solcher Vorstellungen. Wäre es nicht klüger gewesen damals, einfach die Flucht zu ergreifen, sich aus dem Staube zu machen und die überhöhte Gasthofrechnung einfach nicht zu bezahlen. Züge in Richtung Wien oder Salzburg wären ja stündlich gefahren, und das, was er an persönlichen Gegenständen in seinem Holzviertlergasthofzimmer hätte zurücklassen müssen, wäre bedeutungslos gewesen, nebensächlich, nachdem seine Manuskriptblatter im Kaminfeuer verbrannt worden waren. Abrupt aufbrechen, alles stehen- und liegenlassen, der Stangele statt Geld in gierige Pfoten einen zornigen Protestbrief in die Hand drücken, dem Rederlechner am Telefon alle Schande sagen, nur mit einer Reiseschreibmaschine unter dem Arm, ohne sonstiges Gepäck mitzuschleppen, mit der Strassenbahn zum Bahnhof fahren und als Zechpreller, der nicht des Geldes, sondern des Unrechts wegen Zechpreller des Holzviertlergasthofes gewesen wäre, den allernächsten Eurocityzug besteigen, ganz egal, wohin dieser fahren würde — nur Österreich hätte er verlassen müssen, dieses Land mit seinen vielen unerträglichen Provinzstädten. Solches und möglicherweise noch viel Schlimmeres spukte an jenem vorletzten Linzer Abend in seinem Kopf herum, wobei er dann doch nichts von all dem in die Tat umsetzte, sondern nach sinnlosem Hin- und Herlaufen auf der Museumsstrasse den Entschluss fasste, noch ein letztes Mal bei der Stangele zu übernachten. Denn trotz allem ging ihm der Gedanke nicht aus dem Sinn, es sei vermutlich doch richtiger, beim Städtischen Verkehrsamt anderentags vorzusprechen. Nicht dass er sich hinsichtlich der Vorfälle im Holzviertlerhof viel davon versprochen hätte, nein, es war etwas anderes, das ihn dort hinzog. Der Direktor des Amtes, ein gewisser Wolfram Muth, war nämlich, es musste Allerheiligen gewesen sein, als diese Kampagne begonnen hatte, mehrfach in den Schlagzeilen des lokalen Teils der „Oberösterreichischen" erwähnt gewesen. Muth hatte zum hohen Feiertag des ersten Novembers als Gast-Autor in dem Blatt einen Artikel geschrieben, der seine grösste Aufmerksamkeit gefunden hatte. Denn es waren dort Gedanken vertreten gewesen, die den seinen verwandt waren, und insbesondere hatte Muth sich dort für die aktive Sterbehilfe eingesetzt, was in den Folgetagen zu einer riesigen Leserbrieflawine in dieser Zeitung geführt hatte. Diesen Mann persönlich kennenzulernen, mit ihm über seine eigenen Anliegen zu diskutieren, schien ihm gerade in der jetzigen, aussichtslosen Situation, in der er sich befand, von grösstem, ja hautnahem Interesse zu sein. Es würde sicherlich gar nicht so schwer sein, zu diesem Direktor Muth vorzustossen. Er erinnerte sich, nachdem er das Rouleau hochgezogen und sich auf seinem Sonnenbalkon eine Pfeife angezündet hatte, noch genau an jenen letzten Linzer Abend. Er hatte es schliesslich satt gehabt, ständig auf der Museumsstrasse hin- und herzulaufen und war in die kleineren, ihm mehr oder minder unbekannten Strässchen eingebogen, die zu dieser Zeit schon ohne grossen Verkehr und fast menschenleer waren und deren Häuser stark verkommen und heruntergewirtschaftet aussahen. Er hatte viel Zeit an diesem Abend gehabt, denn das Wirtshaus der Stangele gedachte er erst zu sehr später Stunde zu betreten. Am besten dann, wenn sie selber schon zu Bett gegangen sein würde. Doch was war das für eine Zeit, über die er da so plötzlich zu verfügen schien? Die Zeit, die Augenblicke ver-

strichen. Sie erfüllten sich gleichsam beim Durch-
laufen der Strassen. Hätte er die einzelnen Strassen
gezählt, sich deren Namen gemerkt, zweifellos wäre das ein sinnloser Zeitinhalt gewesen. Denn seine
Lebenszeit, und wenigstens die hatte ihm die Stangele nicht nehmen können, liess sich offenbar mit
durchlaufenen Strassen nicht bemessen. Was
konnte man jetzt dieser Zeit noch abverlangen, was
aus ihr herausdestillieren, ja was war sie überhaupt,
diese Zeit, die alle im Munde führten und als selbstverständlich ansahen. Konnte man sie einfach aus-
laufen lassen, in die letzte Zeit hineingehen, die
letzte Zeit durchschreiten, mit der Zeit gegen die
Zeit gehen, das Zeitstrassengefühl abklopfen, ohne
auf Klopffestigkeit zu vertrauen? Was bedeutete
ihm diese Zeit, seine Lebenszeit, jene, die ihm gegenwärtig war, und jene, die ihm noch blieb? Was
sollte er mit ihr machen, sofern man mit Zeit überhaupt etwas machen konnte? Er kannte sie ja recht
gut, diese Leute, und hier in Österreich waren sie
nicht minder zahlreich, die immer so genau wussten, was Zeit war, was Zeit sei und was aus der Zeit
werden könnte. Doch wussten sie es wirklich? Er
hatte jahrelang, zeitlebens immer ein besonderes
Ohr und ein besonderes Auge dafür gehabt, wenn
Leute über Zeit sprachen oder schrieben. Meist
hatte er dabei ein sehr mulmiges Gefühl gehabt,
wenn von physikalischer Zeit oder einer scheinbar
unendlich tickenden Uhrzeit die Rede gewesen
war. Diese sogenannte vierte Dimension war ja

auch gar nicht in Worte zu fassen, wenn man den Absturz ins Mystische vermeiden wollte. Es gab in Wirklichkeit nur einige ganz wenige, unscheinbare Wortfenster wie „währen", „dauern", deren temporaler Magnetismus einen in Bann halten konnte. Alles andere war vom räumlichen Denken her bestimmt. Es war letztlich Fiktion und reiner Unsinn, von Zeiträumen, Zeitabläufen, Lichtjahren und Uhrzeigerbewegungen zu sprechen und sich dabei einzureden, man habe die reine Zeit damit im Griff. Auch in seinen, von der Stangele der Linzer Müllabfuhr übergebenen Manuskriptblättern hatte er an verschiedenen Stellen darauf hingewiesen, dass Zeit nur aus der Endlichkeit her gedacht werden könne und es höchste Zeit sei, das „Räumen" falscher Zeitvorstellungen voranzutreiben. Aus der Überzeugung, dass Unendlichkeit als eine Fiktion des endlichen menschlichen Bewusstseins durchschaut werden könne, war er letzten Endes zu seinen Thesen über die Ethik, Pädagogik und Ästhetik der Auslöschung nicht nur hinsichtlich des einzelnen, sondern der Menschheit in ihrer Gesamtheit gekommen. Kalt war es geworden auf der Gasse. Und doch kamen sie plötzlich aus allen Ecken hervor, diese bohrenden Fragen nach Zeit und Ende. Wie kleine Tiere, unheimliche Tiere, insektenartig. Sie kamen von allen Seiten auf ihn zu, mit schwirrender Unberechenbarkeit, zu Tausenden, kleine kriechende Ungeheuer, in pausenloser Bewegung vorwärtsdrängend. Hatten ihn fast schon erreicht und umzingelten ihn, versuchten, seinen Rockzipfel, sein Hemd, seine Hosen, seine Schuhe zu fassen, drangen in seine Kleider ein, berührten seine Haut, ihn, der Berührungen bisher immer ausgewichen war, wenn die Möglichkeit bestand. Sie bedeckten seine ganze Haut, drangen in sie ein, bohrten sich in sein Fleisch, in sein Blut, in seine Knochen, in seine hintersten Hirnzellen. Überall waren sie auf einmal. Wehrlos war er ihnen ausgeliefert. Jede Abwehr, auch der leiseste Versuch, sie loszuwerden, wäre vergeblich gewesen. Sie waren jetzt überall, diese aufsässigen Fragewesen, die wohl während dreier Jahre bei der Niederschrift seines jetzt vernichteten Werkes bohrend, stechend in ihm gewesen waren, so wie damals, als er seinen Herzschlag deutlich spürte und den Weg in die Schlafkammer im Holzviertlerhof antrat. Er klopfte seine Pfeife, die bereits seit einiger Zeit erloschen war, am Geländersockel seines Sonnenbalkons aus, reinigte sie mit fast pedantischer Umständlichkeit und überlegte, ob er sich nicht noch eine neue stopfen sollte. Rauchen war für ihn ja stets eine Art Erholung gewesen, schon von Jugendjahren an, die das Nachdenken leichter machte und gleichzeitig die Erinnerung schärfte. Er konnte all jene nicht verstehen, die heutzutage immer heftiger und aggressiver gegen den Tabakkonsum wetterten und deren Intoleranz so weit ging, Menschen, die rauchten, in aller Öffentlichkeit zu beschimpfen. Hier in Andalusien geschah solches zwar weniger oft, aber für nordländische Touristen, meistens Deutsche und Schweizer, hatte man auch in dem von ihm bewohnten Hotel im Speisesaal Nichtrauchertische aufgestellt, die zwar von vielen Gästen nicht beachtet, aber dann doch von Nichtraucheraktivisten entsprechend verteidigt wurden. Auch die Stangele war eine dieser intoleranten Nichtraucherfanatikerinnen gewesen. Als er an jenem Novemberabend, es musste bitter kalt gewesen sein, zu später Stunde nach all den Irrgängen im Strassengewirr von Linz schliesslich doch in den Holzviertlergasthof zurückgefunden hatte, war er ihr im Etagengang, wo sein Zimmer lag, begegnet. Sie musste ihm aufgelauert und auf ihn gewartet haben, denn sie trug bereits ein dunkelbraunes, ältliches Nachtgewand, über das er hätte lachen müssen, wäre er nicht in dieser verzweifeltzornigen und gleichzeitig hoffnungslosen Stimmung gewesen. Er müsse die Löcher, die er mit seinem unsinnigen und gesundheitsschädlichen Pfeifenrauchen in ihre kostbaren, geerbten Damastdecken gebrannt habe, teuer bezahlen, schrie sie ihn ohne jede formelle Begrüssung aufs heftigste an. Jetzt, da seine Abreise auf Ende der Woche feststehe, und diese sei unwiderruflich, denn einen Gast wie ihn würde sie niemals länger in ihrem Hause dulden, habe sie sein Gastzimmer nochmals genau durchgesehen und dabei feststellen müssen, dass diese zwei wunderschönen Damastdecken, die zum Kostbarsten gehörten, was sie an Wertvollem besitze, es handle sich, wie sie bereits erwähnt habe, um ein Erbstück, das schon ihre gottselige Grossmutter geerbt habe und ein Lieblingsstück ihres verstorbenen Ehegatten gewesen sei, dass diese zwei wunderschönen Damastdecken von einer Person, die sich als sogenannter Intellektueller bei ihr eingeschlichen habe, durch unsinniges Rauchen und Schmauchen völlig verdorben worden seien. Sie hoffe, brüllte sie weiter, der Herr verfüge über eine ausreichende Versicherung, die für den unermesslichen Schaden, der hier, möglicherweise sogar mit Absicht, entstanden sei, aufkommen werde. Sie selber habe sich jedenfalls abgesichert und sich, nachdem diese Untat von ihr aufgedeckt worden sei, unverzüglich mit ihrem Rechtsberater, der einer der fähigsten Leute hier in Linz sei, in Verbindung gesetzt. Was habe sie von Magister Adolf Rederlechner hören müssen, sie habe es kaum glauben können, der Herr habe die Frechheit, die unverfrorenste Bosheit gehabt, zum Rederlechner zu gehen, sich bei ihm über sie zu beklagen und die grössten Dummheiten zu erzählen, sie habe ihren Ohren nicht getraut, als sie das vernommen, aber beim Rederlechner sei der Herr Gast an den Falschen geraten, denn Rederlechner sei ein durch und durch anständiger Mensch, zu dem sie Vertrauen habe und der ihr alles, was von diesem Pfeifenraucher, und es sei typisch, dass diese lächerliche Pfeifenrauchermode von jedem Halbintellektuellen nachgeäfft werde, an Bösartigem gegen sie ausgeheckt worden sei, hinterbracht habe. Auf den Ratschlag Rederlechners hin habe sie vorsorglich bereits auch den Chef des Polizeireviers informiert, das sich hier gleich um die Ecke befinde. Sie habe dort ein offenes Ohr gefunden, und ihr sei geraten worden, auf den Herrn, der dort keineswegs so unbekannt sei, wie er vielleicht meine, ein wachsames Auge zu haben und zu melden, wenn es irgendwelche Schwierigkeiten mit dem offenbar recht sonderbaren Gast gebe. Die Rechnung für Verköstigung und Nächtigung, die sie ins Schlüsselfach gelegt habe und die, wie der Herr wisse, auf der Stelle, unverzüglich bei Übergabe bezahlt werden müsse, die Hotelvorschriften gälten da klar und deutlich, sei von ihm lediglich eingesteckt worden. Geld habe sie bisher keines gesehen. Falls die Zahlung nicht bis morgen früh spätestens geleistet werde, könne der Herr, welcher ein gottloser Philosophaster sei, vergeblich auf sein Frühstück warten. Auch Kaffee, auf den er ja scheinbar so sehr angewiesen sei, gebe es in diesem Fall keinen einzigen Schluck. Um acht Uhr komme im übrigen jemand wegen der verlöcherten Damastdecken vorbei. Sie verbiete ihm jegliches Rauchen, und es sei eine Unverschämtheit sondergleichen gewesen, einer ihrer Angestellten eine Zigarette anzubieten. Sie wisse sehr wohl, dass er das getan und ihre Dienstkraft auch noch gegen sie aufgestachelt, ja versucht habe, ihm die Arbeit im Holzviertlergasthof zu vergällen. Jetzt ginge sie indes zur Ruhe. So wie der Herr bis halb neun Uhr am Morgen im Bett liegen, könne sie sich nicht leisten. Niemand wisse, wie wenig Schlaf sie sich gönne. Sie zweifle, ob sie bei all dem Verdruss, der ihr bereitet worden sei, heute überhaupt schlafen könne. Er war damals, nachdem er sich vom Schock der Überrumpelung durch die Stangele etwas erholt hatte, nach aussen sehr gelassen geblieben, hatte auf die Anwürfe mit Worten überhaupt nicht reagiert. Nur dass er zur Kenntnis nehme, was sie ihm da alles unterstellt habe, hatte er erwidert, während er gemächlich, äusserlich gleichgültig seine Zimmertür öffnete. Geheizt war natürlich nicht worden an jenem Abend in seiner Schlafkammer. Er verzichtete daher darauf, noch ein Pfeifchen zu rauchen, schluckte wie jedesmal vor dem Zubettgehen seine Dormidor-Schlaftablette, die schnelles Einschlafen versprach und bei ihm sehr schnell zu wirken pflegte, und legte sich zu Bett. Nachdem er inzwischen fast pausenlos auf seinem Sonnenbalkon geraucht und statt der Pfeife sich hin und wieder auch eine der kubanischen Montecristo-Zigarren angezündet hatte, von denen er stets einen kleinen Vorrat in seinem Reisekoffer mit sich führte und die in Spanien wesentlich billiger als im Norden waren, schienen ihm, der immer noch auf seinem Aluminiumstuhl sass, all jene Antitabakapologeten, die meist aus Phantasiemangel von nichts anderem als dieser sogenannten Rauchersucht redeten, recht einfältige und engstirnige Wesen zu sein. Missionare in Sachen Gesundheit waren ihm stets widerwärtig gewesen. Warum verdrängten diese selbsternannten Heilfanatiker die Tatsache, dass es seit Menschengedenken mehr oder minder gefährliche Substanzen gab, durch deren Einnahme die Menschen für wenigstens kurze Momente ihr oft hoffnungsloses Dasein zu vergessen oder zu betäuben versuchten? Die Indianer,die ihre Tabakblätter kauten, die Bier- und Schnapstrinker, all jene, die sich durch Disco-Musik in Verzückung bringen liessen, die Weihrauchgläubigen, die Schlaf- und Beruhigungspillenschlucker, alle taten doch im Grunde dasselbe. Eine widrige, klebrige Gegenwart wurde durch somnifere oder andere Rauschmittel wenigstens für Augenblicke des Lebens etwas erträglicher. Ja, war es nicht geradezu absurd, wenn man diesen Suchtbekämpfern genauer zuhörte, diesen an Suchtbekämpfungssucht Leidenden. Ihr breitgetretenes Ziel war stets ein und dasselbe: eine mit einer funktionierenden Maschine zu vergleichende Gesundheit, die es in Tat und Wahrheit gar nicht gab und auch nicht geben konnte. Nicht in dieser zerstörerischen und sich selbst zerstörenden Welt. Wie sollte ein gewöhnlicher Sterblicher von einiger Sensibilität und mit einem durchschnittlichen vegetativen Nervensystem ausgerüstet in unserer Gesellschaft, deren barbarischer Lärm, deren pausenlose Ablenkungen, deren heilloser Zustand ein gesundes Leben gar nicht mehr zuliessen, denn überhaupt gesund sein können. Waren nicht letztlich die Gesunden die Kranken und die Kranken die Gesunden. War nicht ein an unserem Gesellschaftselend Erkrankter, der täglich, um überleben zu können, sein Valium schluckte, ein Gesunder, und ein Gesunder, der mit erhobenem Kopf durch unsere vernichtete Welt schritt, letztlich ein Kranker, vielleicht sogar ein widerlicher Kranker, weil er, um überleben zu können, vom Elend auf dieser Erde sich nicht erschüttern liess. Unter den Ärzten, die meist nicht zu den Fanatikern zählten, hätte da sicher mancher ein Lied über diese offensichtliche Paradoxie singen können. Waren es nicht gerade die empfindsameren unter ihnen, sie, die an normalen Arbeitstagen in siebzig bis achtzig Konsultationen in ihren Ordinationsräumen dem Anblick grösster menschlicher Hässlichkeit und abstossendster Fleischmassen ausgesetzt waren, die sich allein durch die Einnahme abschirmender Tranquilizer ihren sogenannten Patienten gegenüber einigermassen über Wasser halten konnten, diese Präparate dann natürlich allzu gern auch ihren Klienten, die meist an nichts anderem als an diesem bohrenden Gesellschaftselend litten, verschrieben, aber dennoch, wenn sie Artikel in Publikumszeitschriften veröffentlichten, und es gab wenige, die das nicht hin und wieder zu tun pflegten, gezwungen waren, der öffentlichen Meinung zuliebe, vor angeblichen Suchtgefahren zu warnen, ohne aber die wahre Ursache, die eben diese schleichende Gesellschaftszerstörung war, beim Namen zu nennen.

Und waren es nicht die Apothekenbesitzer, die mit einer Doppelmoral und Heuchelei sondergleichen ihr Geschäft betrieben, diese nicht existierende Gesundheit auf widerlichste Art im Munde führten, einem Hilfsbedürftigen, der möglicherweise ohne Rezept zu ihnen kam, die Herausgabe des harmlosesten Schmerzmittels mit grässlichem moralischen Getue verweigerten, gleichzeitig aber auf den simpelsten Schwindel mit gefälschten ad-repetitum-Rezepten hereinfielen, oder, wenn ein halbwegs gutaussehender Herr mit entsprechendem Auftreten etwas von einer längeren Auslandreise faselte, bereit waren, mehrere Grosspackungen, unter Umständen gar Klinikpackungen eines viel stärkeren Präparates auszuhändigen, weil dann die Kasse erst richtig zu klingeln begann. Was diese professionellen und selbsternannten Suchtbekämpfer offensichtlich vergassen: dass alle, auch die schrecklichsten Formen von Süchtigkeit letzten Endes nichts anderes waren als kleinste, meist vergebliche Versuche, unserem Gesellschaftselend mit seinem sich unaufhörlich drehenden Räderwerk für kurze Augenblicke zu entkommen. Wegen der Stangele, aber nicht nur ihretwegen hatte er damals vor dem Zubettgehen im Holzviertlergasthof jene Dormidor-Tablette geschluckt und, nachdem er, von innerer Unruhe erfüllt, keinen Schlaf hatte finden können, auch noch eine zweite. Mit dieser Überdosis war er in jene andere dunkle Wahrnehmungswelt hinabgesunken, die zwar nichts anderes als lediglich ein geheimnisvoller Fluchtort der Sucht, aber zugleich auch ein Raum war, in dem alles ganz anders aussah und seine ureigenste Farbe hatte. So war ihm, es musste schon gegen Morgen zugegangen sein, als begegnete ihm die Stangele in einem pechschwarzen Gewande in einer düsteren Besenkammer, die aber gleichzeitig auch ein mit Damastdecken behangener Gerichtssaal war, dessen Tür mit „Klopfen und warten!" beschriftet war. Andere, ebenfalls dunkel vermummte Wesen mit spitzen Hüten auf dem Kopf, die mit ihren finsteren Gesichtern das Aussehen von Geschworenen hatten, gingen in der Kammer ein und aus, nicht ohne ihn anzuschauen und ihm bedeutsame, vorwurfsvolle Blicke zu schenken. Es war ein Alptraum, den er da träumte, denn alles schien in diesem Dämmerlicht gegen ihn zu sein. Selbst die Besen, die im Gerichtssaal in grosser Zahl herumgelegen hatten, erhoben sich auf einmal, begannen sich im Kreise zu drehen, sodass er ihnen nur mit grösster Mühe ausweichen konnte. Die Stangele hielt plötzlich auch eine Art Besenstiel in der Hand, mit dem sie wild herumfuchtelte, diesen in einem prasselnden Kaminfeuer, das vorher nicht dagewesen war, anzündete und riesige Löcher in die mit Damast bedeckten Wände zu brennen begann. Der Angeklagte, dem der Angstschweiss die Wangen herablief und der seltsamerweise in einen dunkelblauen Talar gehüllt war, bemächtigte sich mit letzter Kraft eines der ihn ständig bedrohenden Besens, hielt ihn wie einen Bergspazierstock in der Hand, blieb plötzlich in dem Besenkammer-Gerichtssaal mucksmäuschenstill stehen und zeigte mit erhobenen Armen auf die Stangele, laut ausrufend: „Seht sie euch an, haltet diese Pyromanin!" Er musste ob dieses Aufschreis kurz erwacht sein, denn er hatte sich im halbwachen Zustand, daran konnte er sich auch am folgenden Tage noch erinnern, gefragt, warum er der Stangele, als sie ihm vor dem Zubettgehen aufgelauert und behauptet hatte, diese Löcher in den Damastdecken stammten von ihm, nicht vehement entgegengetreten war. Er hätte ihr ins Gesicht schleudern sollen, was er von ihr hielt, ihr klar und deutlich sagen sollen, dass es ein Verbrechen gewesen sei, sein kostbares Privatmanuskript zu vernichten, und eine Lüge zu behaupten, beim Pfeifenrauchen habe er Löcher in die Decken gebrannt. So etwas sei höchstens beim Zigarettenrauchen möglich. Zigaretten habe er aber überhaupt noch nie geraucht und auch keine Zigarettenraucher jemals in seiner Schlafkammer empfangen. Niemand wisse so gut wie sie, dass er während seines Holzviertlergasthofaufenthaltes ausschliesslich gearbeitet und sein Werk vollendet habe, sein wertvolles Manuskript, das jetzt durch ihren barbarischen Vernichtungsakt ein Opfer des Feuers geworden sei. Aber auch ein anderer Traum war in seinem Bewusstsein haften geblieben. Als einziger Bewohner eines Turmes, der völlig einsam und allein stand und den Blick in eine unermessli-

che, dämmerblaue Mondschattenlandschaft frei-
gab, hatte er auf dem Dach seinen Werktisch aufgestellt, auf dem eine Uhr lag. Es musste seine eigene
Uhr gewesen sein, aber es war keine, die die Zeit
anzugeben vermochte. Vielmehr war das Werk in
all seine verschiedensten Teile fein säuberlich aus-
einandergenommen und aufgestellt worden, wobei
der Unruhe ein ganz besonderer Platz zukam. Er
selber, als einsamer Turmsiedler, sass an seinem
Werktisch, notierte im Mondlicht auf seinen Pa-
pieren die Namen all dieser Uhrteile und hielt auf
das Gewissenhafteste ihren genauen Platz fest. Ein
Gefühl grenzenloser Zufriedenheit war in diesem
Augenblick in ihm, denn es schien ihm gelungen zu
sein, das Uhrwerk bis in seine kleinsten Teile zu
überblicken und zu verstehen. Doch plötzlich än-
derte sich alles. Eine unerträgliche Helligkeit, die
Sonne war ohne Morgendämmerung unversehens
mit ihrer ganzen Macht hervorgetreten, blendete
seine Augen. Ein heisser, erbarmungsloser Son-
nenwind fegte mit unendlicher Kraft die fein ge-
gliederten Teile der Uhr vom Tisch der Turmter-
rasse und blies sie in alle Himmelsrichtungen. Er
war jetzt ohne Uhr und flüchtete entsetzt und von
der plötzlichen Hitze gelähmt ins Innere des Turmes. War das nur ein Traum gewesen, oder war es
seine Wirklichkeit? War diese Sonne mit ihrer un-
begrenzten Kraft und ihrem Gold am Firmament,
die alles vernichtet, sein Uhrwerk in alle Windrich-
tungen zerstreut und ihn in die Kellerräume seines

Turmes vertrieben hatte, sein persönlichster, innerster, gleichzeitig aber auch unüberwindbarer Feind? Die Sonne mit ihren überdeutlichen, aufdringlichen Machtdemonstrationen, die für ihn Sinnbild der Zerstörung, aber ebenso der ewigen Wiederkehr, stetiger, sinnloser Wiederholung und unerbittlicher Eindeutigkeit, diese Wahnsinnssonne, die von den Anhängern eines ewig andauernden Menschenlebens und Lebenswillens als Wärme- und Lichtspenderin stur verehrt wurde, war sie nicht der eigentliche Grund dafür, dass die Menschheit in letzter Konsequenz wohl niemals zu sich selber und damit zur Einsicht ihrer eigensten, inneren Fehlkonstruktion würde kommen können. Zu schwach war der Mond, der die Dinge sichtbarer machte, zu allmächtig die Sonne, in der die Wahrheit im dunkeln blieb. Die Stangele, die im Holzviertlerhof in scheinbarer Allmacht wütete, hatte er, nachdem er ihren Krallen entkommen war, nie anders denn als gefährlich-grausame Symbolgestalt dieser Sonne verstehen können. Er begriff nicht, dass es überall nur Menschen zu geben schien, die sich vom Mond abwandten und die keinen Sinn für all die zarten, blaufarbenen Gebilde aufbrachten, die dieser zu schaffen vermochte, ihn lediglich als nächtliche Dekoration gelten liessen im ständigen Warten auf einen neuen Tag, dessen ausgehöhltes Räderwerk monotoner Wiederholung und Gleichförmigkeit sie nicht zu erkennen vermochten. Warum nicht ablassen von den Dingen, sie einfach sein lassen? Dies und Ähnliches war ihm gegenwärtig, als er damals im Linzer Bibliothekssaal einige Zeit zugebracht und sich gefragt hatte, woher all die Leute, die sich mit ihm im gleichen Raum befanden, eigentlich ihren grenzenlosen Optimismus hernähmen. War es nicht letztlich auch die Sonne, die zu irrer Aktivität verführte? Wie kam man, wenn man diesen Glauben an eine starre Wiederholungssonne nicht teilte, dazu, überhaupt irgendwo anzufangen, immer weiterzumachen, in Büchern nachzuschlagen? Der Bibliothekssaal und der Kaugummi erfüllten letztlich denselben Zweck. Sie verhalfen zum Erlebnis der reinen Dauer und, was dasselbe war, der ständigen Wiederholung und, was dasselbe war, der reinen Leere. Mit seinen Analysen konnte jeder ansetzen, wo er wollte, beispielsweise bei den Handbüchern, den Nachschlagewerken im Saal. Man konnte es so machen wie Antoine Roquentin in einem Roman Sartres, der sich das Wissen alphabetisch aneignete, oder man konnte, gegliedert nach Fakultäten, nach und nach die Ansammlung allen Wissens vollziehen. Alle Anwesenden im Saal waren ihm wie Ratten oder andere Nagetiere erschienen, die in ständiger Wiederholung entweder beim A oder beim C, bei der Theologie oder bei der Medizin, ihrer seelisch-geistigen Befindlichkeit entsprechend, anbissen. Da Gespräche beim Kauen störten, war „lautes Reden bei Androhung der Wegweisung verboten". Jeder der hier Herumsitzenden glaubte, das

schien ihm offensichtlich, an einen Sinn, auch
wenn dieser Sinn, ohne dass sie es zu merken vermochten, häufig bloss einer war, der durch alpha-
betische Verzeichnisse vermittelt wurde oder
nichts anderes besagte, als dass alles ständig immer
so weitergehen, sich wiederholen würde, dass die,
die oben sassen, immer oben bleiben, und die, die
unten waren, immer hinauf wollten. Musste die
Menschheit, so lautete die Frage, die er sich, nachdem er erneut auf seinem Sonnenbalkon Platz genommen hatte, stellte, wirklich so lange weiterbe-
stehen, bis sie am physikalischen Wärmetod phy-
sisch zugrunde gehen würde? War diese unendli-
che Wiederholungssonne, die diesen tumben Lebenswillen in seiner nackten Kraft aufrechterhielt,
tatsächlich von derartiger Stärke, dass in dieser mo-
ribunden conditio humana eine Entschlossenheit
zur Selbstbeendigung in Freiheit und Würde ein
für allemal ausgeschlossen schien? Betrachtete man
die Stangele, dann war es kaum nötig, länger über
eine Antwort nachzudenken. Sah man aber auf die
Fakten und Mechanismen, die diese gewaltige
Menschheitsmaschinerie noch immer irgendwie
funktionstüchtig erhielten, dann waren doch zumindest Bedenken angebracht. Am technisch
möglichen Vernichtungspotential, das eine Auslöschung der Menschheit immer näher rücken liess,
zweifelte heute ja niemand mehr ernsthaft. Sie waren ihm mehr als vertraut, jene Fünfvorzwölf- und
Fünfnachzwölfprediger, die in ihren Domänen, sei

es die Umweltzerstörung, der atomare oder chemische Bereich oder die Bevölkerungsstatistik, der Nord-Süd-Konflikt und nicht zuletzt die unsinnige militärische Aufrüstung, ihre Warnfanfaren ertönen liessen. Doch war irgendeiner unter ihnen, die von Lebenswillen besessen schienen, der, statt unaufhörlich weiter zu predigen, auf den Gedanken gekommen wäre, für ein sanftes Ende unseres Gesellschaftselends, für eine in Freiheit und Würde zu vollziehende Auslöschung der vom Tode gezeichneten Spezies humana zu plädieren? Es gab zwar solche, und er hatte ihnen in seinem Manuskript ein spezielles Kapitel gewidmet: den Randfiguren, existentiellen Aussenseitern, Desperados oder ganz einfach den vom Leben zutiefst Erschöpften, die sich gar nicht mehr die Mühe nahmen, für ihre eigene Auslöschung oder gar jene der Menschheit zu optieren. Derartiges Argumentieren hatten diese von innerer Sinnlosigkeit Gezeichneten auch gar nicht mehr nötig, denn zu weit war der Prozess der eigenen Auslöschung bei ihnen in schleichender, oft unsichtbarer Form seit langem fortgeschritten. Sie waren jene Mondwesen, die für tägliche Fliessbandrepetitionen nur noch ein müdes Dauerlächeln übrig hatten, den Glanz der vom Lebenshunger erfüllten Avenuen kaum noch zur Kenntnis nahmen und sich häufig in ihre Gettos zurückzogen, die ihre Whisky- oder Bierflaschen vielleicht noch mit lustlosem Interesse in der Hand hielten, deren innerste Lebenskraft aber am Versiegen war und die sich für kein politisches Credo und keine weltumspannenden Leitartikel mehr interessierten. Diese Schattenfiguren, mit denen er sich nicht allein in dunkeln Stunden solidarisch fühlte, schienen ihm, gerade weil sie die gängige Gesellschaftssprache verloren hatten, die eigentlichen Sprecher dieses sogenannten Gesellschaftselends zu sein. Ihre Gebärde, ihre zynische Vernunft, die sich in Schweigen hüllte oder höchstens noch in kunstartigen Gebilden äussern konnte, wurden von dem herrschenden, lebensgläubigen, sonnenbeschienenen Gesellschaftsapparat, wenn irgend möglich, übersehen, ins outside gedrängt oder höchstens noch von Sozialämtern und Fürsorgebehörden mit Besorgnis zur Kenntnis genommen. Als er an jenem Mittwochmorgen wohl wegen Einnahme dieser Überdosis an Schlafmitteln erst sehr spät erwacht war und an ein Frühstück der fortgeschrittenen Uhrzeit wegen gar nicht mehr zu denken war, schien es ihm, dass auch er seine sonst flüssige Gesellschaftssprache verloren habe. Lohnte es sich hier im Holzviertlergasthof denn überhaupt noch, sich gegen das barbarische Unrecht, das ihm die Stangele angetan hatte, zur Wehr zu setzen? War nicht auch er jetzt nur noch eine Schattenfigur, ein Ausgestossener, der gar nicht mehr begreifen konnte, wie es ihm jemals hatte möglich sein können, während dreier Jahre an seinen Präliminarien zu einer Ethik der Selbstbeendigung zu arbeiten? Nachdem er es seinerzeit aufgegeben hatte, länger der ewige Alltagssprinter im Familien- und Büroschritt zu sein, der täglich seine Leerlaufarbeit verrichtete, hatte er sich aus freiem Entschluss diesen Thesen zugewendet, die lange zuvor schon in seinem Kopf gewesen waren. Als Sisyphus war er sich vorgekommen, der Tag für Tag seine schweren Steinmassen vergeblich hinaufzuschleppen hatte, wohlwissend, dass alles umsonst war, seine Aufzeichnungen niemals weder bei den Sonnenpriestern unserer Gesellschaft noch bei den Geriatriepflegern irgendwie Anklang finden würden. Erneut in die entmutigende Rolle des Sisyphus hineinzuschlüpfen, wäre vielleicht folgerichtig gewesen, doch fühlte er sich beim Erwachen in seinem engen Holzviertlergasthofbett, dessen Leintücher seit Wochen nicht mehr gewechselt worden waren, zu so etwas nicht mehr fähig, ja im Innersten ausgebrannt. Es war kein Zufall, dass seine Manuskriptseiten von der krächzenden Stangele nicht einfach nur zerrissen und der Müllabfuhr übergeben, sondern verbrannt und vom Feuer vernichtet worden waren. Sein inneres Gefühl stimmte mit dem überein, was äusserlich geschehen war. Hätte er einfach aufstehen, brüllen und toben, im Holzviertlergasthof den grössten Skandal vom Zaun brechen sollen? Ja, vielleicht hätte es der Stangele Eindruck gemacht, wenn er mit Zahngläsern Fensterscheiben in die Brüche hätte gehen lassen, ihr die schmutzige Bettwäsche an den Kopf und die hässlichen Kaktustöpfe, die im Zimmer herumstanden, auf die Strasse geworfen hätte. Innerlich war seine Empörung durchaus derart, dass er solches zu tun imstande gewesen wäre. Doch so intensiv auch seine Abneigung gegen die Stangele war, nach aussen bewahrte er jene Ruhe, die als Überlegenheit hätte missverstanden werden können, in Wirklichkeit aber ein Sich-Tot-Stellen war, das er bei gewissen Tierarten schon oft beobachtet hatte. Mit grösster Gemächlichkeit zündete er sich seine Pfeife an, wohlwissend, dass der Geruch des stark duftenden Tabaks nur allzu leicht nach aussen dringen und die Stangele auf ihn aufmerksam machen könnte. Dazu braute er sich fast mechanisch mit dem um diese Tageszeit meist heissen Leitungswasser einen Pulverkaffee, der zwar miserabel schmeckte, ihn aber doch etwas wach rüttelte und dem Tag gegenüber zugänglicher machte. Es stand für ihn, der in diesem Holzviertlerhof gelitten hatte, wie sonst kaum jemand, fest, dass der Mittwoch, der angebrochen, ja bereits weit fortgeschritten war, sein letzter Aufenthaltstag in dieser Stadt sein würde, die er nach allem, was ihm hier angetan worden war, niemals mehr betreten, ja nur aufs äusserste hassen würde. Im Holzviertlergasthof war ihm auf Lebenszeit unwiederbringlich alles genommen worden, was an Wichtigem ihm zu schaffen möglich gewesen war. Nachdem sein Werk von der Stangele vernichtet, vom Feuer verbrannt worden war, hatte er nichts mehr zu verlieren. Er war entschlossen, dieses Manuskript-Kre-

matorium mit seiner üblen Feuer-Stangele aufs
schnellste hinter sich zu lassen. Doch spürte er, und
mit der zweiten Tasse dieses fürchterlichen Kaffees
wurde es ihm immer klarer, dass auch er noch ein
kleines Eisen der Rache im Feuer hatte und damit
der Stangele als Abschiedsgruss eins auswischen
könnte. Nachdem er in diesem Haus alles verloren
hatte, was ihm wichtig gewesen, hatte er nichts
mehr, auch nicht das Geringste mehr zu verlieren.
Seine ausgetragenen, grauen Kleider, das Wenige,
was er an Wäsche besass, das übriggebliebene
Schreibmaschinenpapier und die Notizblöcke, die
herumlagen, hatten keinerlei Wert. Er würde das
alles zurücklassen, auch die vielen Bücher, die alle-
samt bei der städtischen Bibliothek ausgeliehen
waren. Es würde also im ersten Augenblick überhaupt nicht auffallen, wenn er alles stehen und liegen lassen und abrupt verschwinden würde. Die
Unordnung in seinem Gastzimmer, die an diesem
Tage etwas grösser war als gewöhnlich, würde die
Stangele wohl gar nicht bemerken. Der hellbraune
Reisekoffer stünde am selben Ort wie immer, und
im Badezimmer lägen seine Toilettensachen durch-
einander wie stets und auf dem Bett die Wäsche-
stücke, die er immer dorthin legte, wenn sie gewa-
schen werden mussten. Nach aussen würde er,
wenn er das Zimmer verliess, und er hatte im Sinn,
das sobald wie möglich zu tun, sich nichts, auch
nicht das Geringste anmerken lassen. Seine Aktentasche, die er stets, wenn er ausging, bei sich trug,

lag bereits gepackt auf dem kleinen Sessel, den das Zimmer aufwies. Darin waren sein Reisepass, das wenige Geld, das er besass, seine Raucherutensilien und diverse Kleinigkeiten, die er immer mitzuführen pflegte. Lediglich seine kleine Reiseschreibmaschine, auf der er sein Manuskript geschrieben hatte, gedachte er nicht zurückzulassen. Falls die Stangele ihn darauf ansprechen würde, wäre seine Antwort, er müsse sie zur Reparatur bringen. So betrachtet, würde es ein Abgang aus diesem Haus ohne Abschied sein, ohne weitere Konfrontationen, Gespräche und Auseinandersetzungen. Er würde sich auf kein einziges unnötiges Wort mit der Stangele mehr einlassen, ihr ausweichen, wenn immer möglich, und wenn sie ihn dennoch ansprechen sollte, würde er ihr in allem zustimmen, keinen Widerspruch anmelden, zu allem Ja und Amen sagen, was immer sie noch von ihm zu fordern gedachte. Nur eines würde er nicht tun: die überhöhte Holzviertlergasthofrechnung bezahlen, diese letzte teuflische Provokation der Stangele. So umständlich, wie sie für vier Wochen Nächtigung, diverse Verköstigungen, Waschen und Bügeln der Hemden, chemische Reinigung seines Anzugs und vier Flaschen Bier, die er sich aufs Zimmer mit hinauf genommen hatte, von der Stangele abgefasst worden war, so unvergesslich sollte diese Rechnung als auf Lebenszeit unbeglichene Rechnung im Kopf der Holzviertlerwirtin haften bleiben. Die Untat, als Zechpreller auf Lebenszeit den Holzviertlergasthof zu verlassen, würde er angesichts der an ihm auf Lebenszeit verbrochenen Untat zu tragen wissen. Hatte er zu viel geraucht an diesem Tage, oder war es die Sonne gewesen, die das Kopfweh verursachte, das ihn plötzlich überfiel? Er lehnte sich in seinem Aluminiumstuhl zurück, versuchte sich zu entspannen, was ihm stets am besten gelang, wenn er seine Beine auf den Balkonsims hochlegte. Er nahm eine der Schmerztabletten, die in Andalusien rezeptfrei zu erhalten waren und ziemlich grosse Dosen an Paracetamol enthielten. Er erinnerte sich, dass er an jenem Mittwoch, als er seinen Auszug aus dem Holzviertlerhof minuziös plante, ebenfalls an starkem Kopfweh gelitten, sogar Augenflimmern verspürt und alle Anzeichen von tiefem Blutdruck wahrgenommen hatte. Doch trotz der starken Schmerzen, die anfänglich Schlimmes befürchten liessen, ja ihm als schlechtes Omen erschienen waren, war es ihm um die Mittagszeit jenes Tages gelungen, das Haus zu verlassen, ohne der Stangele nochmals begegnen zu müssen. Lediglich die Frieda, die alle Friedchen nannten und die die jüngste der drei Angestellten im Holzviertlergasthof war, sass hinter dem Réception-Tischchen, betrachtete ihn anfänglich mit einigem Misstrauen in den Augen, beruhigte sich dann aber schnell wieder, nachdem er sie fast schelmisch angeblickt und erklärt hatte, er würde das Mittagessen für einmal nicht hier im Hause einnehmen, da er noch auf die Bank müsse, um die offene Hotelrechnung später bezahlen zu können. Auch mit der Schreibmaschine stimme etwas nicht, er werde sie wohl in Revision geben müssen. Um sechs Uhr werde er aber sicher wieder zurück sein, Friedchen möge das der Frau Wirtin mitteilen. Auch bitte er sie, der Chefin auszurichten, er trinke dann gern noch ein Gläschen mit ihr, denn es gebe einige Missverständnisse zu bereinigen. Damit glaubte er Zeit zu gewinnen, weil er noch im Sinn hatte, vor seiner endgültigen Abreise beim Verkehrsamt vorzusprechen und dessen von der „Oberösterreichischen" so heftig attackierten Direktor von Angesicht zu Angesicht kennenzulernen. Anschliessend würde er unverzüglich zum Bahnhof gehen und den ersten Zug besteigen, der Richtung Salzburg, oder wenn er Glück hätte, sogar nach München fuhr. Der Auszug aus dem Holzviertlergasthof lag hinter ihm. Er verspürte ein fast euphorisches Gefühl der Erleichterung, als er sich, nur mit seiner Reiseschreibmaschine und der Aktentasche als Gepäck, in Richtung Taubenmarkt und Landstrasse davonmachte. Es war noch zu früh für den Besuch beim Verkehrsamt, das erst nach der Mittagspause wieder geöffnet war. Auch war ihm recht hungrig zumute, und er beschloss, durch die wintergraue Anlage zum Landestheater hinaufzugehen, um dort ein kleines Mittagsmahl einzunehmen. Dass die winzige Rache, die er an der Stangele genommen hatte, nichts war, von dem sich lange würde leben lassen, dass die Genugtuung, der Holzviertler-Feuerhöhle entronnen zu sein, niemals ausreichen würde, über den Verlust seines Manuskriptes, das die Arbeit dreier Jahre enthalten hatte, jemals hinwegzukommen, war für ihn Gewissheit, denn Zorn und Trauer waren nicht aus demselben Holz geschnitzt. Den Zorn konnte man ausleben. Und mit der unbezahlten Holzviertlergasthofrechnung war er sicher auf fast hochstaplerische Weise voll auf seine Rechnung gekommen, sodass die Rechnung da für ihn aufging. Bei der Trauer aber war es anders. Da war kein Kraut gewachsen, das innerste Tränen zu trocknen vermocht hätte. Man trug sie mit sich herum, nächte-, monate-, jahrelang, ja vielleicht sogar auf Lebenszeit. Doch wo lag der Unterschied zwischen Trauer und Selbstmitleid? Vielleicht in der unterschiedlichen Art, wie man mit einem erlittenen Verlust oder einer zerstörten Hoffnung umging. Hatte die Trauer stets ihre ureigenste, dunkelblaue, schattenhafte Mondfarbe, bei der dasjenige, was verloren gegangen oder unerreichbar war, niemals aus dem Blickfeld entschwand, so konnte Selbstmitleid sich irgendwie verselbständigen. Auch dieses Gefühl hatte sein eigenes Kolorit, aber es waren hellere, sonnennähere Farben, mit denen man sich zeigen, ja, die man gar geniessen konnte. Er mochte in diesem Augenblick nicht entscheiden, wo er sich innerhalb dieses Spannungsfeldes zwischen Trauer und Selbstmitleid einzuordnen hatte. Auch bei kritischer Selbstanalyse wäre er zu dieser Mittagsstunde wohl kaum dazu in der Lage gewesen. Dass er kein Ehrgeizling war, glaubte er von sich zu wissen. Nie hatte er, seitdem er aus seinem früheren Brotberuf ausgestiegen war, auf äussere Anerkennung den geringsten Wert gelegt, hatte zu derartigen Eitelkeiten ein ausgesprochen ablehnend-ironisches Verhältnis und wusste, dass er nichts anderes als ausschliesslich ein für sich selber schreibender Privatdenker, ein Contestataire jeglicher Öffentlichkeit, deren Zustimmung, Ablehnung und Missverständnis ihm immer gleichgültig blieben, würde sein wollen. Mit Schmunzeln erinnerte er sich in diesem Zusammenhang an das Schicksal, das Jahre zuvor ein grünes Büchlein, das von einer ebenso liebenswerten wie geschäftsunkundigen Kleinverlegerin bei allerkleinster Auflage herausgegeben worden war, erlitten hatte. Er hatte den Text, den er immer als eine Art Vorläufer seines späteren Manuskripts, das von der Stangele verbrannt worden war, unter dem provokativen Titel „Heiterkeit und Freitod" verfasst. Er hatte sich nur sehr widerstrebend dazu bereit erklären können, diese Schrift zu veröffentlichen, dann aber doch zugestimmt, weil die junge Verlegerin, die eine wahre Überredungskünstlerin gewesen war, ihn immer heftiger dazu gedrängt hatte. Er hatte sie davor gewarnt, dass die Sache ein Misserfolg und der Buchhandel ein solches Büchlein niemals beachten und auch sonst sich kaum jemand dafür interessieren werde. So war es dann auch gekommen. Aber die hartnäckige

Kleinverlegerin gab nicht so leicht auf und meinte, im Einzelverkauf und beim Hausieren werde sich das Buch ganz sicher, schon wegen der Neugier der Leute, leicht verkaufen lassen. Bei bitterer Kälte waren sie damals von Haus zu Haus gezogen, hatten wohlhabendere Quartiere, wo Ärzte, Advokaten und Geschäftsleute zu wohnen pflegten, bevorzugt, hoffend, hier werde es leichter sein, ein Echo zu finden. Die Kleinverlegerin und er hatten damals ihr erstes gemeinsames Sisyphus-Erlebnis gehabt, denn bei keiner der Villen, vor deren Türen man meist sehr lange warten musste, zeigte sich eine der Herrschaften bereit, auf das olivgrüne „Sterbebüchlein" näher einzugehen. Erst beim allerletzten Haus, bei dem sie anklopften, sie hatten beide über ihre bisherigen Misserfolge trotz kalter Füsse und Schneegestöber insgeheim lächeln müssen, öffnete ein weisshaariger alter Mann die Tür, der zutiefst krank und hinfällig aussah, sie aber doch voll Aufmerksamkeit anhörte. Eher ablehnend dann erwiderte er, der vom Tode gezeichnet schien, er habe an allen Dingen jegliches Interesse verloren und warte im Grunde nur noch auf sein Ableben, das stündlich bevorstehe, was bedeute, dass er in gewissem Sinn auch gar nicht mehr ganz anwesend sei. Freundlich hatte der Mann diese Worte gesprochen und vom ersten Augenblick an bei ihnen ein tiefes Mitgefühl ausgelöst. So schenkten sie ihm schliesslich das Buch ganz einfach und machten ihn darauf aufmerksam, dass auch dessen

Inhalt in besonderer Weise vom Tod handle. Wenn er trotz seines schlechten Zustandes dennoch in der Lage sei, einen kurzen Blick in das kleine Werk zu tun, so würde sie das natürlich freuen. Der Mann hatte das Geschenk dankend entgegengenommen, und ein Ausdruck des gegenseitigen Verstehens war in seinen Augen gewesen. Voller Anteilnahme war ihr Händedruck zum Abschied gewesen, und die Kleinverlegerin hatte hinzugefügt, dass nur selten eine so kurze Begegnung mit einem Menschen einen so tiefen Eindruck bei ihr hinterlassen habe. Sie pflegten damals das Postfach des Kleinverlages meist gemeinsam zu leeren, so, als wenn sie wunder was erwarteten, was da von der Aussenwelt hätte eintreffen können. Das Wunder geschah tatsächlich, aber in anderer Form, als sie es sich vorgestellt hatten. Eines Mittags, es musste etwa zehn Tage nach der seltsamen Begegnung mit dem zerbrechlichen Alten gewesen sein, hatte ein Brief im Fach gelegen, der die Fahndungsabteilung der dortigen Polizeistelle als Absender trug und für beide ein Schreck gewesen war. Im Brief hatte nur lakonisch gestanden, dass der Kleinverlag sich umgehend mit einem Detektivwachtmeister in Verbindung zu setzen hätte, da eine Anzeige gegen den Autor ihres Büchleins eingegangen sei. Er erinnerte sich, dass er unverzüglich die Polizeistelle angerufen und erfahren hatte, die Angehörigen des todkranken Mannes hätten erwogen, gegen ihn wegen Anstiftung zum Selbstmord ihres Vaters Anklage zu erheben. Der Wachtmeister erläuterte, dass er selber mehrere Male im Haus des kranken Mannes auf sie gewartet habe, da damit zu rechnen gewesen sei, man würde dort erneut anklopfen und auf den zerbrechlichen Kranken einreden. Dass das alles ein Missverständnis sei, sie dem herzensguten Mann nur ein Geschenk hätten machen wollen und daran zweifelten, ob der Herr Wachtmeister und die Familienangehörigen die Schrift überhaupt richtig gelesen hätten, war beim Polizisten letzten Endes auf ein gewisses Verständnis gestossen. Der Autor solle aber in Zukunft eine derart abstruse Schreiberei über ein so heikles Thema bleibenlassen, hatte der Polizeigewaltige abschliessend gesagt, es wäre viel besser, einmal über die gemeinnützige Arbeit der Polizei etwas Positives zu drukken. Auf seinem andalusischen Sonnenbalkon war es inzwischen recht kühl geworden. Der Lärm der Strasse schien wie immer unverändert, und das viele Volk auf der grossen Avenida von einer nicht endenwollenden Bewegungsfreude, denn nicht nur Touristen konnte man mit ihren Einkaufstaschen aus den Supermercados kommen und herumspazieren sehen, auch Jogger pflegten im Auspuffgas der herumknatternden Autos und Lastwagen ihre Runden zu drehen, wobei es oft zu lautem Gebell führte, wenn Hundeführer, auch die gab es ja unter den Urlaubern, mit ihren Doggen, Dackeln, Pudeln und Schäferhunden ihnen den Weg abschnitten. Lange würde er es vermutlich auf diesem unbequemen Aluminiumstuhl nicht mehr aushalten können, denn immer, wenn ihm bewusst wurde, wieviel Leerlauf diese gewaltige Ferienmaschinerie vor seinen Augen hervorbrachte, wurde ihm übel, und er verschwand dann meist nur allzu gern in seiner kleinen Hotelkammer. Dort konnte er allein sein und zumindest für Stunden diesem widrigen Coitus socialis entgehen, der fast überall auf ihn zu warten schien. In seiner Kammer fühlte er sich, zumindest wenn die Nachbarn nicht gerade ihre stumpfsinnigen Fernsehapparate laufen liessen, sondern schliefen oder überhaupt nicht im Raum anwesend waren, weniger von aussen bedroht, sodass er für kurze Augenblicke nach Luft schnappen konnte. Die Geschichte mit der Kleinverlegerin war ihm damals ein Beweis dafür gewesen, dass alle Anstrengungen, sich auch nur einer allerkleinsten Öffentlichkeit verständlich zu machen, letztlich immer zum Scheitern verurteilt waren. Die Freiheit, Buchstaben aneinander zu reihen, die Freiheit des Papiers und des Bleistifts wurde von niemandem bestritten. Die Sätze, die man dann schlussendlich auf den Manuskriptblättern lesen konnte, waren indes eine höchstpersönliche, private Angelegenheit, um deren Wirkung nach aussen man sich besser gar nicht kümmerte. Auch bei seinen utopischen Aufzeichnungen über die Möglichkeit einer in demokratischer Freiheit zu erlangenden Einsicht der Menschheit, das eigene Ende zu wollen, war das nicht anders gewesen. Sie waren von der

Holzviertlerwirtin aus Besessenheit verbrannt worden und ein weiterer Beweis dafür, dass alles, was in den Räumen der innersten Intimität geboren und in Worte geformt wurde, wohl niemals auf adäquates Echo und Verständnis stossen konnte. Die Stangele hatte die Blätter damals ins Kaminfeuer geworfen, weil sie alles missverstanden hatte. Sie hatte seine Aufzeichnungen gegen seinen Willen gelesen und, obwohl sie wusste, dass ihr solch heimliches Lesen gar nicht zustand, ihren Akt der Barbarei begangen. Dieser hatte einem privaten Werk, nicht etwa einem öffentlich zugänglichen Buch gegolten, mit dem sie hätte machen können, was sie wollte. Wäre das Manuskript nicht ein Unikat gewesen, hätte er eine Abschrift seines Textes besessen, alles wäre nicht so schlimm gewesen. Die Untat bliebe zwar für alle Zeiten dieselbe, aber ihm wäre nicht von der Stangele die Haut über den Kopf gezogen worden, in die er während dreier Jahre mit Herzblut seine ureigensten Runenzeichen eingeritzt hatte. Letztlich musste es wohl das gewesen sein, was ihn nicht über den Verlust seines Manuskriptes hinwegkommen liess. Derart in Gedanken versunken, hatte er im Theaterrestaurant noch einen grossen Braunen getrunken, dann die Rechnung beglichen und den Weg zum Verkehrsamt angetreten. Dort öffnete man um Viertel nach eins, und er gedachte pünktlich zu sein, um dann baldmöglichst abzureisen. Die junge Dame, die im Informationsbüro an einem der drei Arbeitstische sass, die mit Plakaten und Prospekten überhäuft waren, hatte ihn freundlich angelächelt, als er leicht nervös sein Anliegen vortrug und erklärte, dass er in einer höchst persönlichen Angelegenheit hier sei. Sie sei privaten Charakters, betonte er, sie betreffe zwar die hiesige Hotellerie, genauer gesagt den Gasthof, in dem er einige Wochen lang gewohnt habe, es gehe ihm aber nicht um eine der üblichen Beanstandungen, einen Vorfall mit Routinecharakter, der sich überall ereignen könne, nein, sein Fall sei von höchst privater Natur, und er bitte darum, mit dem Direktor des Verkehrsamtes, der Doktor Wolfram Muth heisse, sofern er sich den Namen richtig gemerkt habe, persönlich unter vier Augen sprechen zu dürfen. Der Herr möge entschuldigen, wenn sie da gleich eingreife, erwiderte die Büroleiterin, nachdem sie sich mit dem Namen Hierdeis vorgestellt hatte. Es sei vermutlich doch sie, die sich mit der Sache zu befassen haben werde. Doktor Muth behandle keine Einzelfälle, er sei für allgemeine Fragen des hiesigen Fremdenverkehrs zuständig, den Bereich der Werbung, der Öffentlichkeitsarbeit und der Koordinationsprobleme im Gastgewerbe, und nur äusserst selten komme es vor, dass er überhaupt Besucher bei sich empfange. Auch befinde sich seine Abteilung seit anfangs November in Reorganisation, sodass ihr die ganze Verantwortung interimistisch übertragen worden sei. Wenn sie, ohne nähere Einzelheiten des Falles zu nennen, ihn jetzt einfach bei Muth anmelde, falle die Antwort mit Sicherheit negativ aus. Er möge sich deshalb ihr anvertrauen. Sie verfüge über die nötige Kompetenz und Erfahrung, leite seit mehr als vier Jahren das Ressort Beanstandungen und Reklamationen, und es sei in fast allen Fällen, die sie zu bearbeiten gehabt habe, zu einer einvernehmlichen Lösung gekommen. Er zweifle in keiner Weise an ihrer Fähigkeit, Kompromisse zu schliessen, entgegnete er, zweifle überhaupt nicht an ihr, an ihrer Sach-, Fach- und Menschenkenntnis, glaube sogar, dass sie viel geschickter sei als die meisten Männer, die oft in praktischen Dingen keine gute Hand und ein nur geringes Talent zum Organisieren hätten, und er sehe ihr das auf den ersten Blick an, und auch ihr dezidiertes Verhalten zeige, dass sie eine Frau von Format, grossem Sachverstand und hoher Intelligenz sei. Aber dennoch, sie möge, so ihr das gelinge, das Verständnis dafür aufbringen, dass, was ihm zugestossen sei, er mit Doktor Muth unter vier Augen, und nur mit ihm ganz allein, besprechen wolle. Er lege grossen Wert darauf, nochmals zu betonen, dass er nicht den geringsten Zweifel an der Art und Weise hege, wie umsichtig sie ihr Ressort leite, aber allein schon der Gedanke an sogenannt einvernehmliche Lösungen, an Kompromisse in seinem Fall, der einzigartig, ja, in der Geschichte des Linzer Fremdenverkehrswesens vermutlich überhaupt noch nie vorgekommen sei, schrecke ihn ab, erwecke den grössten Abscheu in ihm, zerstöre die letzte

Selbstachtung, ja, wäre die grösste Charakterlosigkeit, die er sich denken könne. Ob sie ihn nochmals unterbrechen dürfe, so die Hierdeis jetzt weniger konziliant als vorher und ohne Lächeln im Gesicht. Aus all dem, was der Herr bisher gesagt habe, müsse sie annehmen, dass der Vorfall ernsthafter und von grösserem Gewicht sei, als sie ursprünglich geglaubt habe. Tatsächlich habe hier in ihrem Büro noch nie jemand so heftig insistiert wie er. Wenn es ihr Anliegen sei, bei Streitigkeiten zwischen Kunden und Gastgewerbebetrieben zu vermitteln, dafür zu sorgen, dass beide Seiten zu ihrem Recht kämen, dann geschehe das aus innerster Überzeugung. Denn entweder bestünden irgendwelche gravierende Missverständnisse oder beide Parteien hätten Fehler gemacht. Sie kenne hier in Linz sozusagen alle Verantwortlichen im Gastgewerbe, nicht nur die Hotelinhaber und Restaurantsbesitzer, nein, auch den grössten Teil des leitenden Personals persönlich. Es sei deshalb kaum vorstellbar, dass sie im jetzt vorliegenden Fall, der, wie es den Anschein mache, von schwererer Natur sei, nicht eingreifen und vermitteln könne. Doch sei auch ihre Zeit beschränkt. Nach den Richtlinien des Fremdenverkehrsamtes sollten Publikumsreklamationsfälle rationell, aber auch speditiv behandelt werden. Sie bitte den Herrn nochmals dringend, zur Sache zu kommen und den Fall genauer darzustellen. Sie benötige Angaben über Namen und zuständige Person des betroffenen Hotelbetriebes sowie eine genaue Schilderung des Vorfalls. Es werde über den gesamten Sachverhalt ein Protokoll erstellt, das aber nur der internen statistischen Auswertung diene. Der Herr habe in keinem Fall zu befürchten, dass sein Name irgendwo erwähnt werde. Es gehe allein um die Sache sowie darum, künftig Problemfälle zu vermeiden. Es sei die grösste Ungeheuerlichkeit, ja, barster Unsinn, an Statistik zu denken, wenn sie hier mit ihm rede, hatte er ihr ins Gesicht geschleudert. Eine Untat, wie sie an ihm begangen worden sei, habe mit statistischer Erfassung nie und nimmer etwas zu tun. Es sei ihm völlig unbegreiflich, wie sie, als tüchtige Ressortleiterin, nur daran habe denken können, seinen Fall mit Statistik in Verbindung zu bringen. Sie müsse ihm doch ansehen, wie verzweifelt er sei, wie einmalig der entsetzliche Vorfall, der ihn hier ins Verkehrsamt geführt habe. Alle ihre Worte über Statistik, Problemfälle, Aussöhnung, Vermittlung und einvernehmliche Lösungen zeigten ihm aufs Deutlichste, dass er seinen Fall nicht ihr, an deren praktischen Fähigkeiten er nach wie vor nicht zweifle, sondern allein und ausschliesslich Doktor Wolfram Muth zu schildern in der Lage sei. Doktor Wolfram Muth auch deshalb, weil er diesen Menschen irgendwie zu kennen glaube. Sein ausführlicher Gast-Kommentar in der „Oberösterreichischen" zu Allerheiligen, den er mehrmals und sehr genau gelesen habe und der wegen angeblich destruktiver Gedankengänge und Unausgewogenheit in mehreren empörten Leserbriefen zur Sprache gebracht worden sei, wobei man allerdings annehmen könne, dass derart bösartige Leserstimmen wie überall auch bei der hiesigen Redaktion einseitig manipuliert würden, habe ihn zutiefst angesprochen. Er wisse nicht, wie die Ressortleiterin über diesen Zeitungsartikel denke, ja, ob sie ihn überhaupt gelesen und gemerkt habe, dass hier ein grosser Geist, eine vermutlich hochstehende Persönlichkeit zu Wort gekommen sei. Er jedenfalls sei von Doktor Muth beeindruckt. Und wenn es einen Mann in dieser Stadt gebe, mit dem er reden, dem er sich anvertrauen könne, dann sei es Doktor Wolfram Muth. Endlich solle sie ihm nun die Möglichkeit geben, mit diesem Mann zu sprechen. Recht unwirsch war ihre Reaktion damals gewesen, wobei sie zwar immer noch beherrscht, aber mit monotoner Stimme ihm bedeutete, entweder endlich zur Sache zu kommen, Herrn Doktor Muth dabei aus dem Spiel zu lassen, die Gründe hierfür habe sie bereits genannt, oder das Büro zu verlassen und ihre Zeit nicht länger zu beanspruchen. Auf seiner andalusischen Schlafpritsche, auf der er es sich einigermassen bequem gemacht hatte und der unerträgliche Aussenlärm nur schwach zu hören war, erinnerte er sich noch lebhaft an das jähe Ende, das sein Wortwechsel mit der Hierdeis damals genommen hatte. Als er sie, zornig geworden, provokativ gefragt hatte, ob sie tatsächlich daran denke, ihn aus dem Büro hinauszuwerfen, und ob die von ihr zitierten Richtlinien des Verkehrsamtes eine solche Behandlung vorschrieben, war auf einmal, urplötzlich und völlig unerwartet, aus dem Erdboden gestampft wie ein Deus ex machina, die Stangele an der Eingangstür gestanden und hatte ihn mit ihrem heuchlerischen „Gott zum Gruss, liebe Hierdeis" bis in die Knochen zutiefst erschreckt. Wie ein lächerlicher Auftritt in einem Schmierentheater kam ihm hier in seinem Hotel an der Costa del Sol jene Szene vor, die er damals innerhalb weniger Augenblicke erlebt hatte. Fluchtartig, aufgescheucht wie ein Reh, ohne irgendein Wort des Abschieds und ohne die Stangele anzublicken, war er, die Aktentasche und die Schreibmaschine in der Hand, damals aus dem Büroraum gestürzt, wie wenn nicht die Holzviertlerwirtin sondern er der Übeltäter gewesen wäre. Er hatte sich damals in einem Zustand äusserster Erregung befunden, war fast ausser sich gewesen, als er das Haus des Verkehrsamtes verlassen und ziellos die Häuserreihen der Promenade abgeschritten hatte. War es die unerträgliche Niederlage, nicht bei Wolfram Muth zugelassen worden zu sein, oder war es der unerträgliche Anblick der Stangele gewesen, was ihn so mit Unruhe und Nervosität erfüllte und ihn automatisch zu den starken Beruhigungstabletten greifen liess, die er stets bei sich zu führen pflegte? Wäre es klug, unverzüglich zum Bahnhof zu gehen, abzuhauen, sich davonzumachen, oder war er nicht vielmehr im Innersten dazu verpflichtet, dennoch und diesmal auf direktem Weg und auf eigene Faust nochmals zu versuchen, zu Doktor Wolfram Muth vorzudringen? Ob angemeldet oder nicht, würde da keine grosse Rolle mehr spielen, höchstens bedeuten, das Risiko einzugehen, auch von ihm abgewiesen oder gar hinausgeworfen zu werden. Und so lief er in einer Art Trancezustand zum Haus des Verkehrsamtes zurück, vermied es peinlichst, die Fensterfront des Auskunftsbüros zu passieren, damit ihn weder die Hierdeis noch die Stangele, die ja sicher seinetwegen gekommen war, sehen konnten. Er öffnete die Hintertür des Hauses und entnahm den Briefkastenschildern, dass sich Wolfram Muths Büro vermutlich im zweiten Stockwerk des Gebäudes befinden musste. Während er die düstere, nach Putzmitteln riechende, enge Holzstiege hinaufschlich, ohne daran zu denken, den Lichtknopf zu drükken, waren ihm nochmals Bedenken gekommen, so unangemeldet bei Wolfram Muth hereinzuplatzen. War das letztlich nicht eine Ungehörigkeit sondergleichen? Auch wenn er vorher zur Hierdeis gesagt hatte, dass er Wolfram Muth aufgrund seines Zeitungskommentars zu Allerheiligen, in dem auch Zweifel an einem nie endenden Weiterbestand des Menschengeschlechts herauszuhören waren, irgendwie zu kennen glaube. War er wirklich sicher, keiner Täuschung anheimzufallen und einen Menschen anzutreffen, mit dem er würde reden können? Dass Wolfram Muth ihn gleich auf den ersten Anhieb als Gleichgesinnten empfangen und zu einem Gespräch einladen würde, war ja kaum anzunehmen. Wohl eher mürrisch und abweisend, mit der Ausrede, sehr beschäftigt zu sein, würde er ihn vermutlich nicht empfangen, ihn auffordern, sein Anliegen schriftlich vorzubringen oder gar die Hierdeis kommen lassen und sie bitten, den unliebsamen Besucher hinauszukomplimentieren. Er hatte inzwischen das zweite Stockwerk erreicht und sah die kleine Tür, auf der oberhalb der Klinke eine winzige Visitenkarte mit dem Namen Dr. Wolfram Muth angeklebt war. Es handelte sich hier also offenbar nicht um einen dieser repräsentativen Büroräume, wie er sie von Direktionsetagen bei Banken und Versicherungen her kannte. Nein, alles sah sehr bescheiden aus, eher wie der Hintereingang zu einem Separatzimmer, das mit der daneben liegenden Privatwohnung gar nichts zu tun hatte. Das Kärtlein mit Wolfram Muths Namen trug keinerlei Hinweis auf dessen Position. Wer Wolfram Muths Stellung nicht kannte, hätte meinen können, hinter der kleinen Tür hause irgendein Unbekannter, ein alleinstehender Pensionist oder jemand, der sich keine eigene Wohnung leisten konnte. Er hatte in seiner andalusischen Hotelkammer die Rouleaus nach unten gezogen, sich auf der blau überzogenen, stets quietschenden Schlafpritsche zur Ruhe gelegt und war in tiefes Nachdenken versunken. Nachdem er mehrmals geklopft hatte, war zunächst gar nichts, dann nach einigen Sekunden des Wartens ein bedächtiges Schlurfen zu hören gewesen. Der Schlüssel wurde im Türschloss zweimal herumgedreht, und dann war plötzlich Muths Gesicht zu sehen gewesen. Es war das eines alten Mannes, ein weisshaariger Charakterkopf, dessen grosse, dunkle Augen ihn fragend, mehr überrascht denn misstrauisch, anblickten. Ob der Herr sich nicht in der Tür geirrt habe, Freudenreichs wohnten nebenan, seien aber möglicherweise zu dieser Uhrzeit nicht zu Hause, waren seine ersten Worte gewesen, die er betont langsam, aber mit klarer Stimme an ihn gerichtet hatte. Erst jetzt, nachdem Muth die Tür um einen Spalt weiter geöffnet hatte, war er in seiner hageren, mittelgrossen Gestalt zu erkennen gewesen. Er trug einen grauen, leicht abgewetzten Anzug, und niemand hätte in ihm auf den ersten Blick den Direktor des Linzer Verkehrsamtes vermutet. Vorsichtig, aber nicht unfreundlich hatte ihn Muth damals in sein Bürogemach, in dem nur ein Aktenschrank, ein älterer, mittelgrosser Schreibtisch, einige mit braunem Stoff überzogene Stühle älterer Bauart sowie ein kleiner, durchlöcherter Teppich Platz fanden, gebeten, nachdem er einige Worte der Entschuldigung vorgebracht und gesagt hatte, seine Bitte, mit dem Direktor des Verkehrsamtes persönlich, allein unter vier Augen sprechen zu dürfen, sei von der Dame im Auskunftsbüro unten abgewiesen worden. Es sei zu Meinungsverschiedenheiten gekommen, doch hätte er sich dennoch dazu entschlossen, jetzt bei ihm anzuklopfen. Auf diese Worte hin hatte Muth nur gelächelt und wortlos mit der Hand auf den einzigen Besucherstuhl gezeigt, der im Raum zur Verfügung stand. Alle anderen Stühle, ausser seinem eigenen, bescheidenen Schreibsessel, dienten als Ablage und waren mit Papier, Büchern sowie einer Unmenge von Ordnern belegt. Einziger Ziergegenstand dieses kargen Büros, dessen Tapete abgeblättert und ohne jeden Wandschmuck war, schien eine übergrosse Sanduhr zu sein, die auf der rechten Seite des Schreibpults postiert war. Muth hatte verschmitzt und mit Schalk in den Augen zu ihm gesagt, ein kleines Büro habe seine grossen Vorteile. Mehr als zwei Besucher auf einmal könne er in solcher Umgebung nicht empfangen. Er halte es im übrigen bei Visiten wie sein Lieblingsdichter, der seine Wohnungstür mit dem Vermerk versehen habe, Besucher möchten pünktlich kommen und nicht lange bleiben. Die Sanduhr, die er vor sich stehen sehe, bringe ihm da ähnlichen Nutzen. Wenn er sie zu Beginn einer Unterredung ostentativ umdrehe und die feinen Körnchen während einer guten halben Stunde den schmalen Trichter durchliefen, dann zwinge das auch den grössten Schwätzer zur Kürze. Selten geschehe es so, dass er einen Besucher aus seinem Arbeitszimmer hinauswerfen müsse. Jeder könne schliesslich selber wissen, wann seine Zeit abgelaufen sei. Er musste auf seiner Schlafpritsche in eine Art Dämmerschlaf gefallen sein, denn nur mit halbem Ohr und von weit weg hörte er die stets gleichen Geräusche von draussen und das lästige Getrippel vor seiner Zimmertür, was immer bedeutete, dass wieder neue Touristengruppen eingetroffen waren, deren Teilnehmer mit nie endenwollender Reisefreude und Begeisterung ihre Koffer herumschleppten, sich in ihren Zimmern einrichteten und gegenseitig besuchten. Erst als eine offenbar betrunkene Stimme in einem der angrenzenden Räume laut, penetrant und falsch zu singen begonnen hatte und widerliches Gelächter zu hören war, wurde er jäh aus seinem Halbtraum gerissen, dessen Inhalt überdeutlich in seinem Bewusstsein haftete. Voll innerer Spannung und Erwartung hatte er auf dem Besucherstuhl Platz genommen. Keiner von beiden hatte anfänglich auch nur ein einziges Wort gesagt. Kein überflüssiges Gerede, kein unnötiger Höflichkeitsaustausch, nichts war da, was die Einzigartigkeit dieses Augenblicks gestört hätte. Nur die beiden Augenpaare waren aufeinander gerichtet, gebannt, interessiert, wie bei Freunden, die sich ein Leben lang schon kannten und stumm ihren Gruss austauschten. Schliesslich war er es gewesen, der das Schweigen gebrochen, sich geräuspert und, unverändert seinen Blick auf Muths Gesicht gerichtet, leise, zuerst stockend, dann flüssiger zu sprechen begonnen hatte, wobei er es als fast selbstverständlich ansah, dass Muth, der beide Hände auf den Tisch gestützt hielt, darauf verzichtet hatte, seine Sanduhr umzudrehen.

Muth war ein aufmerksamer Zuhörer gewesen, vielleicht der einfühlsamste, dem er in seinem Leben je begegnet war. Als er über die Untat der Stangele und jenen schrecklichen Augenblick, da sie ihm die Asche seines im Kamin verbrannten Manuskripts vor die Füsse geworfen, mit Erregung berichtet hatte, waren es Muths Augen und Hände gewesen, die den Vorfall zu kommentieren schienen. Auf dessen ermunterndes Kopfnicken hin hatte er seine Schilderung fortgesetzt, auf seine Hilflosigkeit, die er in dieser seltsamen Stadt verspürte, hingewiesen und den Namen Rederlechners erwähnt, der zuerst für ihn eine grosse Hoffnung gewesen sei, was sich dann aber als entsetzlicher Irrtum erwiesen habe. Beim Wort Rederlechner hatte sich der ernste Ausdruck in Muths Gesicht in ein Lächeln verwandelt, wobei er heftig den Kopf schüttelte. Sein Besucher sei da offensichtlich nicht ganz an die richtigen Leute geraten, gab Muth zu bedenken. Allein Intuition genüge, um solche Menschen in ihrem Wesen zu erkennen. Ihm sei nicht verständlich, dass ein sensibler Mensch auf derartige Kreaturen mit einer derart belasteten Vergangenheit und einer derart belastenden Gegenwart hereinfallen könne. Muth hatte daraufhin nichts mehr gesagt und ihm stumm bedeutet, mit seiner Rede fortzufahren. Anstatt sofort weiterzusprechen, hatte er zuerst seine Pfeife auf den Tisch gelegt und dann zu seiner Aktentasche gegriffen, wortlos ihr jene Zeitungsseite der „Oberösterreichischen" entnommen, auf der Muths Artikel zu Allerheiligen abgedruckt war. Dieser Aufsatz sei es gewesen, der ihn hierher geführt habe. Die Sprache, die Muth hier spreche, die Gedanken, die er so klar darlege, und der Zündstoff, der die ganze Linzer Schlummergesellschaft aus ihrem Schlaf gejagt habe, sei von nachhaltigem Eindruck auf ihn gewesen. Es sei ein Glücksfall, dass dieser richtungsweisende Kommentar habe erscheinen und von jedermann gelesen werden können und nicht wie sein Manuskript ein Opfer einfältig-fanatischer Zensur und des Feuers geworden sei. Er könne nur hoffen, dass die schmutzige, ordinäre Leserbriefkampagne, die in derselben Zeitung und von derselben Redaktion gegen Muth geführt worden sei, eine Kampagne, die einer bösartigen Kopfjägerei geglichen habe, ihm nur geringen persönlichen Schaden zugefügt habe. Anderseits sei es wohl das Schicksal all derer, die auf ethischem Gebiet Neuland beträten, dass ihnen Steine in den Weg gelegt würden. Eine Stangele, ein Rederlechner und, wie ihm scheine, viel zu viele, die hier in dieser Stadt die Hebel in der Hand hielten, würfen solche Steine, meist vornehm, anonym oder unter falschem Namen, oft aber auch brutal, offen und mit der Feuerstange in der Hand. Auch bei diesen Worten hatte Muth immer noch geschwiegen, ihn aber wie ein Freund mit seinen grossen, dunklen Augen betrachtet, sodass er wie von selbst anfing, seine eigenen Thesen und Gedanken, die er in dem von der Stangele vernichteten Manuskript vertreten und aufgezeichnet hatte, darzulegen. Das musste lange Zeit gedauert haben, längere, als sie wohl je einem Besucher in diesem Büro zugebilligt worden war. Erst als er gegen Ende seiner Aufzählung, denn eine Art Aufzählung seiner eigenen ethischen Argumente war es gewesen, was er vorgetragen hatte, erneut auf den Allerheiligen-Artikel seines neuen Freundes zu sprechen kam und gesagt hatte, hier erkenne man die geistige Nähe und Verwandtschaft der beiden vom Pöbel geschmähten Autoren, hatte Muth Einhalt geboten, seine Hand erhoben und dann in grosser Gelassenheit, jedes Wort abwägend zu sprechen begonnen. Doch was für eine Sprache, was für Worte waren das, mit denen sich Wolfram Muth ausdrückte? Waren es die Worte eines kaltgestellten, suspendierten Verkehrsdirektors, waren es wirklich die an jenem grauen Novembernachmittag in Linz von Muth gesprochenen Worte oder die einer Phantomfigur, denen er im Halbtraum auf seiner andalusischen Schlafpritsche lauschte? Befand er sich immer noch zuhörend in diesem als Büro hergerichteten Abstellraum eines entmachteten, von der Linzer Gesellschaftsclique geächteten Aussenseiters, dem man im zweiten Stockwerk des Verkehrsamtes noch eine kleine Gefängniszelle gelassen hatte? Wer und wo war er selber in diesem Augenblick, er, der so gebannt als Muths neuer Freund diese Worte aufnahm? Worte, die besagten, dass der Sprechende wegen eines publizierten Manuskripts aus Amt und Würden in einen Hinterhof der Gesellschaft gedrängt worden war, einer Gesellschaft, in der eine Bertha Stangele ungestraft ein philosophisches Manuskript verbrennen, einer Gesellschaft aber auch, in der ein Adolf Rederlechner, als präsidialer Hauptakteur mit nationalsozialistischer Vergangenheit im Vorstand des Linzer Verkehrsamtes seine Macht ausübend, einen global denkenden Direktor entmachten konnte. Waren nicht alle Worte, die er da mit klarer und deutlicher Stimme in seinem Halbtraum zu hören glaubte, auch seine eigenen Worte und Gedanken? Gab es diesen Muth überhaupt, der da in Fleisch und Blut vor ihm zu sitzen schien, den er sehen und hören konnte? War es Sinnestäuschung, Halluzination, wenn er jetzt hier auf dem einzigen Besucherstuhl dieser Bürokammer sass, die nicht grösser als seine andalusische Schlafkammer war? Ja, hörte er nicht sich selber, seine eigene Stimme, seine eigenen Worte, seine eigene Sprache? War nicht alles, dem er da lauschte, ein einziges langes Zitat aus dem letzten Kapitel seiner Präliminarien, die dem Kaminfeuer der Stangele zum Opfer gefallen waren? Ein Text, der eine Kritik am eigenen Text gewesen war, der letztlich alles widerrief, wofür er postuliert hatte, sodass alles sich am Ende aufhob, selbst beendigte, nichts mehr übrigblieb, so, als ob man minus eins mit plus eins addierte. Diesen Rückzug, mein Herr, den Sie da predigen, diesen Rückzug aus Körper, Sprache und Welt, dieses zwar belegte, gleichwohl aber unrealistische Plädoyer für eine Ethik der Selbstbeendigung ist ein törichtes, naives Hirngespinst. Wenn Sie dem Kompass folgen, in dessen Richtung Ihr ethisches Denken weist, werden Sie nie zum Ziel gelangen. Soweit Sie beim einzelnen haltmachen, dessen Freiheit durch einen simplen Zufall der Natur von vornherein verbürgt ist und das Recht auf Selbstbeendigung unabdingbar enthält, soweit, so gut. Wenn Sie aber die gesamte Menschheit auffordern, letzte Konsequenzen aus ihrem gescheiterten Menschsein zu ziehen, dann ist all dies nicht Ethik, auch kein Ansatz zu einer neuen Ethik, sondern Utopie, reine Utopie, nicht einmal Realutopie, sondern nur Selbstbefriedigung eines verirrten Geistes, letztlich der untaugliche Versuch, Unmögliches ins Mögliche einzubeziehen. Mein Herr, so wie ich die Dinge sehe, werden Sie scheitern, so wie alle vor Ihnen gescheitert sind nach Ihnen scheitern werden, die allgemeinverbindliche, für alle Menschen in gleicher Weise geltende Schlussfolgerungen mit logistischen Mitteln durchzusetzen versuchen. Sie werden allein schon deshalb scheitern, weil es zu viele sind, die Sie da überzeugen wollen. Mein Herr, denken Sie an den Umfang der Erdbahn, die Oberfläche und das Volumen des Erdkörpers, auf dem Menschen wohnen. Denken Sie an die tausend Millionen Einwohner in China, gleichzeitig an die nur 850 Bewohner des Vatikanstaates, an die drei

Milliarden Menschen in Asien und die 700 Millionen in Europa, denken Sie an die fünf Milliarden Menschen auf dieser Erde, die Sie von Ihrer ethischen Utopie zu überzeugen hätten. Mein Herr, denken Sie daran, dass die Zeitspanne für eine Verdoppelung der Weltbevölkerung immer kürzer wird, die erste 1500 Jahre dauerte und die fünfte, die jetzt ihrem Ende entgegengeht, nur noch 35 Jahre. Mein Herr, werden Sie bescheidener. Denken Sie besser an sich selbst als an die gesamte Menschheit. Selbstbeendigung in Würde und Freiheit ist im globalen Sinn kein Thema, sondern, so wie Sie es einführen wollen, ein lächerliches Unterfangen. Denken Sie an die Monarchien, an die absoluten wie an die konstitutionellen und parlamentarischen, denken Sie an die Scheichtümer, denken Sie an die Republiken, an die demokratischen wie an die sozialistischen und präsidialen. Mein Herr, Sie werden Mühe haben, hier bei Ihren Präliminarien für eine globale Ethik der Selbstbeendigung auch nur an einem Ort auf Verständnis zu stossen. Zu stark ist das Fleisch, zu schwach der Geist. Mein Herr, werden Sie bescheidener, ziehen Sie sich zurück, ziehen Sie die richtigen Konsequenzen. Die Welt wird zwar als Kugel noch lange, ja, sehr lange bestehen bleiben, aber die Menschheit wird nicht friedlich, demokratisch, sanft und in Anwendung von Freiheitsrechten zugrunde gehen, sondern als Fehlkonstruktion der Natur, der wie auch immer der Keim zur eigenen Auslöschung von allem Anfang an eingegeben ist. Daran wird nichts sich ändern. Mögen jetzt noch so viele Gen-Manipulisten und -Monopolisten versuchen, das Rad zu wenden. Niemand wird Ihnen, mein Herr, bei der chancenlosen Durchsetzung Ihrer „humanen" Selbstbeendigungsutopie helfen. Nein, Sie selber werden an ihr schmählich und unter dem Hohngelächter kirchlicher Würdenträger, Weltverbesserer, selbsternannter Lebensverlängerer und Sterbebegleiter zugrunde gehen. Lassen Sie ab von Ihrem Vorhaben, mein Herr, denn die Argumente, die Sie vorbringen, sind auch die Wider sprüche, in die Sie sich versponnen haben. Halten Sie ein, Ihrem utopischen, ethischen Traum nachzusinnen. Halten Sie sich an das, was in Ihrem eigenen, nur Ihnen allein gehörenden Blickfeld zu überschauen ist. Beackern Sie Ihren eigenen kargen Boden, sofern Sie überhaupt auch nur ein kleinstes Stück Land selber besitzen. Bestellen Sie das Feld, und wenn das nicht möglich ist, setzen Sie sich in den Wartesaal der Bahnhöfe. Betrachten Sie die herumreisenden Zigeuner, die, menschheitsgeschichtlich folgerichtig, zwar die Kunst des Wahrsagens verlernt haben, im Innersten aber dennoch um ihr nahendes Ende wissen. Mein Herr, lassen Sie ab von der Vorstellung, jemals könnte es einen Consensus omnium darüber geben, dass sich die ganze Menschheit selber heiter, sanft und in Freiheit das Messer an die eigene Gurgel setzen wird. Nein, versöhnen Sie sich mit der Sonne, die aus 150

Millionen Kilometern Entfernung trotz ihrer Grausamkeit ja auch ihre Lichtschatten hervorzaubert. Helfen Sie letztlich der Bertha Stangele und helfen Sie dem Adolf Rederlechner, damit sie ihr schreckliches Werk weiterbetreiben und der weltgeschichtliche Lauf nicht unnötig behindert wird. Als er aus seinem Halbtraum jäh erwachte, war plötzlich nur noch Dunkelheit um ihn. Was da in seinem Bewusstsein an Wortfetzen und Bildern haftete, musste ihn stark erregt haben, denn er erhob sich fast reflexartig von seiner Schlafpritsche, zündete die kleine Ständerlampe an und sah über dem kleinen Waschtisch im Spiegel sein eigenes, von Falten gezeichnetes, müdes Gesicht mit den blaugrauen Augen, das ihm wie das eines seltsamen Doppelgängers entgegenblickte und zu fragen schien, wo und wer da eigentlich wo und wer sei. Dieser kleine Raum, der, je enger die Zeit wurde und je mehr sich die Stunden verkürzten, auf einmal an Tiefe gewonnen hatte, musste ein Ort sein, wo das Absurde zu Hause war und die seltsamsten Widersprüche in sich zusammenfielen. Wer hatte da im Traum zu ihm gesprochen? War es wirklich Muth gewesen, der, wenn er sich richtig erinnerte, dasselbe erschöpfte, bleiche Gesicht und dieselben blaugrauen Augen gehabt hatte? Oder war er es selber, der sich da begegnet war? Er konnte das nicht mit sich ausmachen. Ja, je länger er im Spiegelglas sein Angesicht betrachtete, desto mehr Zweifel kamen ihm, ob er sich wirklich damals so lange mit Muth unterhalten, ob Muth damals wirklich all das gesagt und ausgesprochen hatte, was er im Traum zu hören glaubte. Ja, zweifelte er nicht in gewissem Sinn an der Wirklichkeit all dessen, was in seinem Bewusstsein klar und deutlich existierte. So war für ihn zumindest nicht eindeutig auszumachen, nicht hieb- und stichfest zu beweisen, ob damals, als er das düstere Gebäude, in dem Muth wie ein Aussätziger hauste, verlassen wollte, wirklich die Hierdeis mit der Holzviertlerwirtin an der Eingangstür des Verkehrsbüros gestanden und er beobachtet hatte, wie herzlich sich die beiden die Hände drückten, zum Abschied umarmten und dann in tiefem Einverständnis auseinandergingen. Das „helfen Sie letztlich der Bertha Stangele und helfen Sie dem Adolf Rederlechner", das Muth kurz zuvor noch zu ihm gesprochen hatte, sass noch zutiefst in seinen Knochen, sodass er sich zuerst nicht aus dem Hause zu gehen getraut hatte. Erst als die Stangele längst ausser Sichtweite gewesen und die Hierdeis wieder in ihrem Auskunftsbüro verschwunden war, wagte er es, ängstlich, zögernd, die schwere Hintertür mit dem kleinen Glasfenster zu öffnen und das Haus zu verlassen. Anstatt die Strassenbahn zu benützen, um so auf kürzestem Weg zum Bahnhof zu gelangen, war er schliesslich mit seiner Schreibmaschine und Aktentasche in der Hand langsam durch die engen Gassen hinter dem neuen Dom geschlendert, in einer winzigen Caféstube eingekehrt und hatte sich einen grossen Braunen bestellt. Er war dort der einzige Gast und sehr wortkarg gewesen, denn der ältliche, in einen schmuddeligen Servierfrack gekleidete Kellner, dessen übler Körpergeruch den ganzen Raum penetrant erfüllte, hatte anfänglich versucht, monoton wie eine plätschernde Wasserröhre auf ihn einzureden, sich dann aber unverrichteter Dinge zurückgezogen und hinter der Theke zu schaffen gemacht. Das war ihm nur recht gewesen, denn er wollte nun endlich den Entscheid treffen, ob er der Stangele klar und deutlich, ohne einen Groschen ihrer übersetzten Wirtsrechnung zu bezahlen, zum Abschied seinen Zorn und die Wahrheit ins Gesicht schleudern oder sich als stummer Zechpreller heimlich aus dieser Schrekkensstadt davonmachen sollte. Wer hier der eigentlich Geprellte war, der die Zeche für einen unermesslichen Schaden zu bezahlen hatte, schien für ihn nach dem Aufprall mit der Holzviertlerwirtin an jenem denkwürdigen letzten Dienstagmorgen ausser Zweifel. So wie man in früheren Zeiten Tiere prellte, was nichts anderes hiess, als sie auf straff gespannten Netzen so lange hochschnellen zu lassen, bis sie verendeten, so hatte die Stangele ihn um sein Manuskript geprellt, das sein Herzblut enthalten und am Ende nur noch ein ausgeglühter Aschenhaufen gewesen war. Dass Zechprellen also nicht gleich Zechprellen war, darüber brauchte er keine Überlegungen mehr anzustellen. Die Zeche, die er dem Gaststätten- und Beherbergungsgesetz entsprechend im Holzviertlerhof zu bezahlen hätte, diese Zeche, die sich aus einer Anzahl Übernachtungen mit Frühstück, aus zusätzlichen Tee- und Kaffeekannen, Bierflaschen, Tellern mit Gemüse, Blut- und Leberwürsten, Quarkstrudeln und all dem anderen Zeug, das er während seines Aufenthaltes verzehrt hatte, zusammensetzte, stand, verglichen mit dem, was das Kaminfeuer der Stangele verzehrt hatte, auf einer viel niedrigeren, geringeren und primitiveren Stufe. Dass er in irgendeiner Form seine Meinung hierüber der Wirtin noch mit aller Deutlichkeit zum Ausdruck bringen wollte, stand für ihn fest. Seine frühere Vorstellung, dieser Frau nochmals von Angesicht zu Angesicht gegenüberzutreten, war indes zum Alptraum geworden, denn die Holzviertlerwirtin würde ihn doch nicht zu Wort kommen lassen, vielmehr nur brüllen und ihn in unflätigster Weise beschimpfen. Auch bei einem Telefongespräch, das er vom Bahnhof aus ja ohne weiteres noch mit ihr hätte führen können, wäre das kaum anders gewesen. Ebenso hatte er den Gedanken fallengelassen, an die „Oberösterreichische" einen Leserbrief zu schreiben, in dem er sein Schicksal hätte schildern und vor der Holzviertlerwirtin warnen können. Solche Post wäre bei der Redaktion, wo ja doch nur lauter Verbündete einer Stangele und eines Rederlechner sassen, sicher auf taube Ohren gestossen. Sie hätte einen solchen Leserbrief den beiden nicht vorenthalten und in Blitzeseile zur Kenntnis gebracht, nur gedruckt wäre er mit Sicherheit nicht worden. Ja, vielleicht wäre es aufgrund eines solchen Schriftstücks bei der Polizei sogar zu einer Anzeige gegen ihn wegen Verleumdung oder Ehrverletzung gekommen. Bei der Stangele wäre das durchaus denkbar gewesen. Nie und nimmer hätte er aber auch nur die geringste Lust verspürt, zu so etwas Anlass zu geben. Das Herumsitzen in dieser muffigen Caféstube, deren Tische mit durchlöcherten Plastikdecken überzogen waren, lohnte sich nicht mehr. Auch gab es ja nichts mehr, was er sich noch überlegen oder worauf er noch hätte warten müssen. Denn immer deutlicher sah er nur noch eine einzige Möglichkeit, der Stangele in nachhaltiger Weise seine Abschiedsbotschaft zur Kenntnis zu bringen. Ob er ein Hiesiger sei, hatte der Kellner, als er seinen Kaffee bezahlte, von ihm wissen wollen. Kopfschüttelnd hatte er geantwortet, er arbeite für die österreichische Müllabfuhr und habe in dieser Stadt zu überprüfen, ob die Entsorgungskapazitäten ausreichten, um all den vielen Schmutz und Abfall, den es besonders im Holzviertel gebe, zu bewältigen. Der Mann hatte ihn nur ungläubig angesehen, misstrauisch, wie die meisten Leute hierzulande, und er war aufgesprungen und hatte das Lokal grusslos verlassen. Die wenigen Telefonkabinen des Linzer Hauptbahnhofs waren alle besetzt gewesen, als er eine gute Viertelstunde später dort angekommen war. Er wartete mit Ungeduld, immer seine Aktentasche und seine

Reiseschreibmaschine in der Hand, darauf, diese Nummer wählen zu können, die er, weil die Telefonbücher der öffentlichen Sprechstellen in dieser Stadt häufig zerrissen oder sonst in einem desolaten Zustand waren, auswendig gelernt hatte. Es dauerte eine ganze Weile, bis eine der engen Zellen frei wurde und er langsam und bedächtig die Nummer „zwei-eins-fünf-sieben-acht" auf der Wählscheibe einstellen konnte. Es hatte nur zweimal geläutet, als in der Hörmuschel der Name Rederlechner und sein „hallo" zu vernehmen waren. Er hatte ihn zuerst einige Augenblicke warten lassen, dann in einem Tone, wie wenn er einen Monolog einleiten würde, deutlich seinen Namen genannt und mit einer gewissen Feierlichkeit erklärt, dass er als des Magister Adolf Rederlechners neuer Klient, der seine Rechnung schon bezahlt habe, einige Mitteilungen zu machen wünsche. Als Rederlechner ihn mit Floskeln „bin am Weggehen — bin sehr beschäftigt" zu unterbrechen versuchte, hatte er den Hörer einfach umgedreht und die klebrige, von Ohrenschmalz verschmutzte Hörmuschel mit einem Papiertaschentuch zugedeckt und dann mit eindringlicher Stimme zu sprechen begonnen. Rederlechner, legen Sie nicht den Hörer auf die Gabel. Hören Sie mir zu, gut zu, Herr Magister, unterbrechen Sie mich nicht, notieren Sie das Gehörte, notieren Sie soviel wie möglich. Soviel wie möglich, Rederlechner, denn Ihre Klientin, Bertha Stangele, die eine viel wichtigere Klientin von Ihnen ist, als ich es bin, wird an fast allem, was ich zu sagen habe, ebenfalls interessiert sein. Denn sie ist ja mehr als nur Ihre Klientin. Sie denkt und handelt unter dem gleichen Stern wie Sie, ist Ihre willfährige, altgediente Helfershelferin, so wie Sie ihr altgedienter, willfähriger Berater sind. Rederlechner, bevor ich diese jämmerliche, elende Stadt verlasse, hören Sie gut zu, denn das Wichtigste, was Ihnen zu sagen mir obliegt, werden Sie erst am Schluss meiner Worte zu hören bekommen. Unterbrechen Sie mich nicht, Rederlechner, denn es geht um die Wahrheit. Eine Wahrheit, die Sie selber zwar auch kennen, so gut wie ich, eine Wahrheit aber, die Sie nicht aussprechen. Denn würde sie jemand aus Ihrem Munde zu hören bekommen, Ihr Gesicht, Rederlechner, müsste vor Scham rot anlaufen. Kennen Sie dieses Gefühl der Scham überhaupt noch? Ja, Rederlechner, ich danke Ihnen, und immer, wenn ich im folgenden Ihren Namen nenne, ist auch mein Dank an Bertha Stangele eingeschlossen. Ich danke Ihnen für all das, was Sie täglich, stündlich und selbst im Schlaf vollbringen. Ich danke Ihnen und immer auch der Stangele, dass Ihr wie Priester einer jämmerlich korrupten Welt stets aufs neue die Sinnlosigkeit des Menschenlebens zelebriert. Rederlechner, ich danke Ihnen, dass Sie mit Heuchelei, Katholizismus und einem Hitlerbild über dem Nachttisch so geschickt Ihre Wohlanständigkeit zur Schau tragen und wie eine Spinne, die ihr Netz webt, die Fäden der Macht hier in der Hand zu halten versuchen. Ja, Rederlechner, ich danke Ihnen, dass Sie daran sind, sich, wenn auch nicht das ganze Land und die ganze Erde, so doch diese Stadt untertan zu machen, dass Sie hier Ihren Freunden, Vertrauensleuten und Mitläufern alle wichtigen Posten zuzuhalten versuchen und Ihr systematisches Spiel mit der Macht so gut zu kaschieren wissen und vor Gewaltanwendung niemals zurückschrecken würden. In diesem Sinne danke ich Ihnen, Rederlechner, dass Sie die geistige Minderheit in dieser Stadt, alle Aussenseiter und alle Randfiguren unseres Gesellschaftselends mit den Machtmitteln, die Sie in der Hand haben, zum Schweigen bringen oder in unbewohnbare Hinterzimmer ins Abseits schikken. Rederlechner, ich danke Ihnen, dass Sie, wenn Ihre eigene Zeit abgelaufen sein wird, Menschen zurücklassen, die Sie ersetzen und Ihr Werk im gleichen Geiste weiterführen werden. Ich danke Ihnen, Rederlechner, dass Sie so aalglatt und gewandt mit der Gegenwart umgehen und Ihre eigene Vergangenheit zwar nicht vergessen haben, aber ähnlich einem Tui-Weisswäscher die grössten Untaten gleichwohl ungeschehen zu machen wissen. Herr Rederlechner, Herr Magister, ich danke Ihnen, dass Sie, was an unheilvoller und unabwendbarer Zukunft auf uns alle zukommt, täglich aufs neue zu unterdrücken verstehen. Ich danke Ihnen aber auch dafür, dass Sie immer auf das beste Pferd gesetzt, die meisten Rennen gewonnen, mit jenen, die auf der Verliererseite standen, kurzen Prozess gemacht, stets Ihre Kassen gefüllt haben und als Verwaltungsrat der „Oberösterreichischen" Ihre Meinung, die für Sie und Ihre Freunde die einzig richtige ist, täglich erneut durchzusetzen wissen. Ja, Rederlechner, ich danke auch dafür, dass Sie als Manager des Gesellschaftselends die Krisen zu gestalten wissen und letztlich als einer der unfreiwilligen Totengräbergehilfen in die Sterbegeschichte dieser Menschheit eingehen und das Räderwerk so lange drehen werden, bis es seine letzten Umdrehungen machen und wie von selber stille stehen wird. Zwar werden Sie den letzten Aufprall wohl selber nicht mehr erleben. Aber Ihr Werk wird vollendet werden, es wird sich von selbst vollenden, schneller und folgerichtiger, als Ihnen das bewusst ist. Rederlechner, ich danke Ihnen, dass fast alles in dieser Stadt Ihr Bildnis trägt, Ihre Sprache spricht, und öffentlich kaum ein Wort fällt, das nicht mit Ihren Ansichten übereinstimmt. Mein Dank, Rederlechner, gilt nicht nur Ihnen, nein, immer auch Ihrer Vertrauten, der Stangele, die mit der grössten Zuverlässigkeit ihre Arbeit verrichtet und, indem sie mein Manuskript in unerbittlichem Zorn dem Kaminfeuer übergab, auch in Ihrem Geist handelt, einem Geist, der jenen als Ungeist verdammt, der es wagt, Ihnen den Spiegel Ihrer blitzblanken, doch gleichwohl abblätternden Fassaden vorzuhalten. Ja, Rederlechner, ich danke Ihnen und baue darauf, dass Sie sich abrackern und zu Tode schinden, auf dass Ihre Aktienpakete in den Bankdepots anwachsen, auch wenn Ihr Erkenntnis-Kontokorrent längst in den roten Zahlen ist und Ihre ungedeckten Checks nur noch von bestochenen Schalterbeamten honoriert werden. Letztlich danke ich Ihnen, Rederlechner, dass Sie all Ihre tieferen Träume verdrängen und nicht in der Lage sind zu erkennen, wie morsch die Wände unseres Menschseins geworden sind, wie stetig das braune, stereotype Backsteingemäuer, in dem wir noch überleben, am Abbröckeln ist, sodass es nur noch eine Frage der Zeit ist, bis die steigenden Wassermassen es wegspülen, mitnehmen und auslöschen werden. Doch, Rederlechner, ich möchte zum Schluss meiner Worte kommen, denn der blosse Gedanke an Menschen wie Sie und die Stangele lässt die wenigen Farben, die ich noch in meinem geistigen Farbtopf übrig habe, ausgehen. Und da heisst es sparsam sein. Ich verlasse Sie und die Stangele als Zechpreller des Holzviertlergasthofes. Verrechnen Sie die Zeche, die ich für Nächtigung und Verköstigung der Wirtin schulde mit deren teuflischem Zorn, in dem Sie meine Aufzeichnungen verbrannte. Und wenn nach Ihrer Rechnung noch ein Betrag offen bleibt, melden Sie es der Brandversicherung oder, falls diese zahlungsunfähig ist, der Wirtshauspolizei, denn ich werde von nun an überall und nirgends sein, auf keinen Fall aber mehr in Ihrer jämmerlichen Stadt. Doch bei all dem vergessen Sie nicht, dass die eigentlichen

Zechpreller auf dieser Erde Leute wie Sie und die Stangele sind, denn die Geschichte hat es bis heute leider versäumt, sie in die Verantwortung zu nehmen und ihnen die Rechnung für Schmausereien und Trinkgelage zu präsentieren. An diesem Abend war er entgegen seiner sonstigen Gewohnheit noch zu später Stunde in die kleine Bar seines andalusischen Hotels hinuntergegangen, hatte sich einen Whisky bestellt und zu seiner Zufriedenheit bemerkt, dass die meisten der üblicherweise angeheiterten Touristen schon in ihre Zimmer verschwunden waren. Auch ein sportlicher, braungebrannter Mann, der einen Stapel vorgedruckter Rapportblätter und Formulare vor sich ausgebreitet hatte und diese mit irgendwelchen Eintragungen ergänzte, offensichtlich der Reiseleiter einer neu eingetroffenen Touristengruppe, war schliesslich aus seinem Sessel aufgestanden und hatte sich beim Camarero verabschiedet. Ihm war das nur recht, denn er verspürte an diesem Tag keine Lust mehr, sich mit einem Berufsvertreter dieser unsinnigen, imbezilen und geistlosen Herumreiserei zu streiten, anhören zu müssen, welche Destinationen heuer die günstigsten, interessantesten und beliebtesten seien. Nein, er war froh, jetzt hier mit sich allein zu sein und keine unnötigen Gespräche führen zu müssen. Auch würde es kaum noch lange dauern, bis der Barmann Feierabend machen und die Glut in dem kleinen Kamin gleich neben ihm löschen würde. Während sein Blick gleichgültig durch den Raum schweifte, erinnerte er sich an das Klicken in der Leitung, als er in der winzigen Sprechstelle des Linzer Hauptbahnhofes das Gespräch mit Rederlechner, das in Wirklichkeit ein Monolog gewesen war, beendet hatte. Er war so erregt gewesen, dass er zu überprüfen vergass, ob am anderen Ende der Leitung überhaupt jemand bis zum Ende zugehört hatte. Letztlich war das ja gleichgültig. Denn er wusste, dass er im Grunde nichts mehr erwartete und wohl für immer auf der Verliererseite stehen würde. Mochten andere ihre Siege und Triumphe noch so feiern, er würde mit der Niederlage, die für ihn die eigentliche Lage des Menschen war, umzugehen wissen, würde dank ihr doppelte Sehkraft erlangen und die sinnentleerten Repetitionen dieser conditio humana noch tiefer zu durchschauen lernen. Er würde irgendeinen Zug, der im Bahnhof einfuhr, besteigen, und, ohne zu wissen, wohin die Reise ging, irgendwo ankommen, irgendwo aussteigen und sich von seinen Träumen und Spielen der Phantasie treiben lassen, seine Sandkastenspiele spielen, bei denen der Wind die geduldig geformten Figuren stets aufs neue auseinanderblies, als Flüchtling der Zeit seine Zeit nutzen, die hinausstrebte in ein grosses, unbekanntes Nichts.